第十二屆水煙紗漣文學獎作品集

校長序

水煙紗漣文學獎今年已邁入第１２屆了。多年來在同學們熱愛藝文、勤於創作之下，所呈現的作品集都深獲好評，也讓大家看到暨大學生的文學創作力。期待這個活動更加成長、茁莊，讓一篇篇集結的作品豐富大家的心靈。

校長 蘇玉龍

2013.7.31

系主任序

校園文學獎活動的主要意義不在對既有作品進行篩選、評定、給獎，而在帶動社群的文藝風氣——或透過寫作，或憑藉閱讀，使參與者親近文藝並豐富觀照的角度，既避免主觀陷溺，也提升一己手眼。評論、演講、座談以及作品觀摩則創造了交會的機會，讓大家廣拓掘深原本忽略的東西，進而重新掌握作品、認識世界、發現自己。

水煙紗漣文學獎是暨大全校的活動，規劃與執行由中文系和中文學會負責，今年是第十二屆，對暨大這個剛滿十八歲的年輕學校，它已駸駸然成為傳統。此類活動在都會區的學校往往由學生一手包辦，暨大則不易做到；其發想、奔走的主體雖是大學部學生，因實際作業牽涉了公文往來、行政配合、空間申請、會計規定等等，故系上從主任到指導老師到助教都須動員，活動自然成了每年的重頭戲。

學校位於鄉間，坐擁助乎文章的山水勝景，然而籌辦活動，其費時耗力，何啻倍蓰，對受邀蒞校演講或者擔任評審的賓客亦然，遠來的王丹、貝嶺、林達陽、莊華堂、愛亞、楊索、楊富閔、路寒袖、蕭蕭、鍾文音諸先生，不僅貢獻了專業，也示範了敬業。

本屆活動籌辦期間，適逢許和鈞、蘇玉龍兩位校長任期交接之際，簽呈因此旅行了兩次，預算奉核後，有米成炊，乃能擺席設宴。這次並約請校內其他單位共襄盛舉，兩場專題演講納入了通識教育中心的全校講座，計算機與網路中心支援連線直播與錄影，圖書館配合設置了作品展示專區，聯手完成了任務。

中文學會會長曹育愷同學、副會長陳詠雯同學和其他眾多成員是整個活動的生力軍，無論位處幕後還是身居臺前，他們各司其職而專注其事，展現了青春的活力與希望。

一年前，曾守仁老師接下活動執行的重擔，拜其費心運籌，使命終於一一達成。陳正芳老師受託擔任講座對談，除了鎮場，事先閱讀大量的文本更費去她不少工夫。另外，多年來，文學獎作品集之設計、編印，皆有賴在系兼任的彭婉蕙老師，這次正值其撰寫博士論文的緊鑼密鼓階段，卻依然惠允再任義工，不辭辛勞，風義在心。

公共事務的本質不是獨奏曲，而是交響樂，如果理想與熱情缺席，活動不可能如此圓滿，衷心謝謝以上所有的無私付出！至於從各個院系投稿的同學，不論這次作品脫穎抑或遺珠，都期盼常保文心，勤耕不輟。

高大威　二〇一三年於中文系

目錄

小說

散文

新詩

文學獎系列活動

小說

首獎

長頸鹿樂園

中文四　顧乃嘉

男人站在巷子口很久了，便利商店的透明雨傘只夠他遮住一邊的肩膀，腳下的泥水像毛蟲般蠕動著往褲管上爬。路邊的紅綠燈上紛亂的貼著幾張售屋廣告，鮮黃的粉紅的塑膠紙板交錯攀爬。

潮濕空氣中有著邊上鐵門的鏽味土壤雜草的腐味自己身上的汗味還有動物的腥味，動物的腥味。他認得那種味道，蛋白質氧化氧化氧化著。男人退後幾步（彷彿想逃離般）坐上鄰人門前的廢棄公園椅，牛仔褲刮擦木頭藻綠色斑駁的漆。他側耳聽著遠方傳來的汽車與人聲，瞇著眼睛望向斜對面的人家，開啟的電燈帶給他莫大安全感。

一道閃電劃過，世界瞬間失去顏色，只有巷子對面的龐然大物仍無謂的閃爍著自身的鮮黃。

長頸鹿在看著他。

他記得母親鮮紅的指甲油。當她將纖細手指搭上老師微微冒汗的項頸時，曾往教室外他藏身的窗下瞥了一眼，那眸中流轉的情慾太過瀲灩，話語反倒成為了非必要。

「老師，你會幫我們的吧？」母親潔白的肩頭微微地露了出來，頭往後折彎地幾乎要折斷：「你也知道我們母子倆就只能倚靠你了……」

「我知道、我知道。」老師皺著眉頭埋首於母親的乳房間，西裝褲連著皮帶墜地的聲響迴盪在空曠的走廊內，現出獸類原型的男人發出疵疵喱喱的低吟。

「我兒子一定可以推薦上美術班的對吧。」母親咬著手臂艱難地問，面上的五官全都糾結成團，光裸的上身是他在洗澡時看了無數次的熟悉卻又陌生。那樣的緊縮又凝結，彷彿蘊含了某種巨大的力量：「……我知道他是很有天賦的！」

「可以、可以。」老師的下身被纖長雙腿緊緊扣住，動物性的律動持續。小學低矮的桌椅經不住這樣摧拉枯朽，不斷發出卑微呻吟卻被輕輕無視。

請不要繼續。男孩縮著身子想。請不要繼續。

兩人結合的身影逐漸延長、延長、延長，帶著濕氣的高亢音聲錯落，倒映在並不乾淨的透明窗鏡上成為了一隻長頸鹿。

一隻脖子很長，斑紋鮮豔，有著鮮紅足蹄的長頸鹿。他想。幼稚的身體因高溫與恐懼蜷縮，他試著閉上雙眼、摀住耳朵，假裝沒看見教室內閒庭信步的高聳生物，但他知道。

長頸鹿正在看著他。

夏天夜裏的日光燈旁盤旋著一群白蟻，男孩獨自待在美術教室裡試圖填滿眼前蒼白的畫布，油彩顏料因過高的溫度而揮發，悶濕的空氣淺淺傳來母親與老師隱約的話語，窒得人幾乎無法喘息。

男孩想起父親執著衣架立於客廳中的身影，如捱餓地鬣狗般咆哮：我花了這麼多錢讓你學這狗屁美術可不是給你找興趣你要是再不爭氣一點怎麼對得起我還不如去外面給人家做工⋯⋯

美術班——那是披著羊皮的狗，在升學壓力下實行平均分班地畸形產物，拿著畫筆的資優生描繪著無機的冰涼的公式與冷淡的乏力的單字。他知道、他知道母親的期望與父親的壓力，所以他只能努力攀爬那道高聳的山峰，縱使內心早已知曉那並非是他所能承受的重力。

「你幹什麼又打他啦！」飛撲而來的身影擋在手執棍棒的父親之前，他聞到她手上隱隱的蒜味，便知曉母親前一刻還在廚房中，在所有的湯聲滾沸中用全部的細胞窺視他的處境。

「這死孩子不聽話我當然打他！不讀書在那邊看什麼漫畫！不要學個畫畫就在那邊自以為很厲害！要不是老子，你哪來的三小錢買筆在那邊撇來撇去！有時間就給我去讀書，不要在那邊浪費時間！」父親豎著眉毛瞪向他，黃黑斑斕的牙在乾裂唇縫中時隱時現：「幹！要不是老子出錢養你們，你們還不都餓死！敢在這邊跟我大小聲！」

「餓死算了！你就讓我們母子餓死算了！」母親放開抓皺的裙襬，用力將他推向房間的另一頭，散亂著鬢髮捶打父親：「餓死也比跟你在一起好！」

「幹！給妳面子還真的囂張起來！給我過來！」父親扯著母親的髮將她拖進房間，母親高頻的尖叫在水壺煮滾的汽笛聲中噴發。但不久，便悄悄釀成另一種隱密的迴聲，如魚泅游，如酒漸熟。

電視中的棒球播報員激昂訴說，而晚飯時的餐桌平靜一如往常。長頸鹿低下了頭，緩緩吃著飼料。

男孩在暈眩中望著寧靜佇立的劊子手，木頭畫架泛著斧刃尖銳的光，畫布將是他的輓聯，在沾染了塑膠的黏稠的油彩後降下。這世界瘋了，男孩想著。他會在無聲的壓力下孤獨而年輕地死去，彷彿藝術家般倒在畫架之下，悄悄地沒有了呼吸。沒有人會發現他的逃亡。

什麼事無償？畫布上的色彩也不過就是各種顏色的痕跡，紅色的是血、藍色的是血、黃色的也是血。手臂上的傷口傳來的疼痛隱隱，提醒他自瀆式的創作是沒有出路的。所以一道道，一道道整齊的美工刀畫痕是用來……用來幹嘛的他也想不起來了。但當那些暗褐色斑紋經過長久的凝視，就會漸漸的鮮活起來，像驟然響起的配樂，舞者隨之擺動。

天花板上的電風扇發出嘰呀——嘰呀——的噪音，搖搖晃晃得好像隨時會掉下來，卻又不掉下來。他在下面戰戰兢兢的看著，灰白且帶有壁癌的教室牆壁上映出了兩道長長的影子，糾纏繾蜷著隨之顫動，像是兩隻長頸鹿彼此交歡。電風扇完全壞了，不斷發出噪音卻沒有任何空氣流動，畫布上的顏料不斷溶解並流到他身上，紅的紅的紅的紅的流進了他的嘴裡。

世界崩毀了，在那個悶熱的夜開始發酵。

男人與長頸鹿對望著，在雨中。那黝黑渾圓的瞳逼視著一切的幽暗與不堪、內心的醜陋慾望，以及他過於恐懼並將之棄於最深黯角落的回憶。

水珠落在傘上「滴都、滴都」，落在大片深色斑點的粗糙毛皮上變成一個個淺淺的斑點，男人發覺他並不知道長頸鹿的叫聲，所以這個世界中的長頸鹿只能沉默著來回擺動牠纖長的項頸，扭動著扭動著掙扎又恍如某種儀式。

男孩遺忘了那天晚上的景象清醒於嘔吐物中，染滿穢物渾身酸臭的跟著母親回家。看著她就那麼毫不嫌棄的將手搭在這副骯髒的軀體上，並輕柔的拂拭，他簡直要因此而感動落淚。

涼風吹來了道旁稻田肥料的氣味，母親牽著他行過一個又一個蒼白路燈。噠噠的蹄遠遠傳來，靜謐的盈滿了夜。

但站在浴室裡試圖清洗身上的穢物時，溫潤的熱水沖刷，排水孔卻被未消化完全的東西給阻塞了，他只能一邊哭一邊拉起那些沾黏在陳年長髮及凝白皂沫上的食物。連拋棄他們的動作都噁心得讓他不願回想。

在宴請老師的粵菜館裡，母親擦了艷紅色的口紅跟指甲油，細白纖長的食指與無名指交互摩擦，眼光流轉彷彿傳遞某種密碼。男孩想起了那天悶濕的空氣、不斷嘰呀作響的電風扇……從他的座位恰好可以看見窗外佇立的長頸鹿，沉默的對視中，剛吃下肚的蠔油牛肉翻攪著想從胃裡冒出來。

「這孩子能上美術班都是多虧老師了。」母親舉起酒杯，笑吟吟的對著老師說。他不自覺的解讀了她的話語，曖昧含混卻又清晰一如學校透明的窗。

「應該的、應該的。」老師爪握竹筷，嘴邊酒液的殘沫未拭，說話間又濺出星星點點的白濁。對著馬桶吐出腥羶的肉。從洗手間回來時，看到父親醉醺醺的坐在桌邊挑著小菜與花生米，露出老獸般和藹滿意的神情，對母親與老師張揚的觥籌交錯毫無表示，他便知道出門前母親必然已將這男人飽飽的餵足了。

男孩心中不禁泛起一股殺意。他想拿出那把隨身攜帶的美工刀劃開父親的肚皮，掏出父親的心臟煮熟（父親該是有心的嗎？），摘下眼睛藏到母親的抽屜，再將那雙開計程車的帶著長壽香煙味的手剁下來，放到自己的枕頭下安睡。男孩不知道這種心情是從哪裡來的，強烈得讓他幾乎要付諸實行，但又哀傷得讓他決定先大哭一場。

人到底為什麼要活得這麼辛苦？又為什麼長頸鹿不肯離去？

讀大學時聽說老師因急病驟逝，作為學生的他返鄉參加葬禮。從其他人的碎語中得知老師原來是死於梅毒（他還以為那是八零年代才有的病……一八八零年），離開前孤身一人過得挺痛苦的。

「在台北過得還好嗎？」母親將厚重的黑色喪服收進衣櫃的最角落，用有著鮮紅甲片的指將落下的鬢髮撩回耳後，狀似不經意地詢問道：「有交女朋友了嗎？」

「沒有。」他摺疊著她一雙勾了線有些鬆弛的絲襪，緊閉的房間如回憶中幽黯，飄著秘密的馨香：「等大學畢業後再說吧。」

那純然的童年早已離去，只留下深灰色的陰影籠罩著。客廳傳來父親看棒球的聲音，長頸鹿越過酣睡於沙發上的獸，幽靈般飄盪於家中。

當男孩變成男人（這過程是怎麼發生的？），沒有跟母親提過，但他的確曾有女朋友。她是他打工地方的上司，總是喜歡將頭髮往上盤，露出線條優美的項頸，有柔軟的胸脯纖弱的腰身。

他可以牽著她的手散步、可以在黑暗的電影院內接吻，但他卻無法與她發生性的關係。

「沒關係的，我知道你是第一次。」她靠著他的背，下肢如魚尾隱沒在潔白床單中：「你只是太過珍惜我了，我了解的。」

她擅自將他的無能歸咎於愛，沒有愛就可以嗎？啟動這種事情的條件到底是什麼？

呆坐床邊那幾個分秒內，他嗅到她胯下傳來奇妙的腥氣，像放置多天腐爛的魚屍。她的乳尖是棗黑色的，跟母親一樣。那微小堅硬的突起戳刺著他的後背，好像按對了密碼就能進入保險庫似的——他倏地感到胃酸狂湧，如炙燒青蛙般跳到了門邊。

「不、不、不！妳不懂！」猛力闔上的房門內是她驚訝呆然的眼神，他沒有給她解釋，只能被追殺般逃離旅館。在擁擠的街道上狂奔時，他還能聽見長頸鹿颯開蹄子的歡快聲響。

就這樣了，他恐懼雌性。恐懼女性身上的淡淡芳馥，他總會想起那令人反胃的腥羶氣味。他想起酒醉後睡倒客廳的父親，想起那些孤單而絕望的嘔吐，沒救了沒救了沒救了沒救了。

母親的血液在他體內流動，如蝕骨的酸液蔓延著他。

男人喜歡男人，他會擦著艷紅的指甲油（如此病態）到各地的三溫暖房蒸氣浴內觸摸男人的身體。肌膚在水蒸氣的溫潤下變得滑嫩，他也會變成獸類，在小黑房內赤條條的交纏，只要一盞昏暗的燈能將影子照映在牆上，他就會有種自毀式的喜悅。只有在這裡他才是王者，雄性都現出了他們的祖型，膠黏濡濕的捕獵著。

「你看得到長頸鹿嗎？」他從面前精壯男人的舌頭上接過了半片E，在唇齒交纏的吞嚥中含糊地問。

「你是說這個嗎？」男人握住昂然的陰莖，華麗麗的旋轉甩動：「It's hard.」咯咯咯咯咯，他在迷幻的音樂聲中笑著，口乾舌燥的廝磨著附近所有肉體。巴比倫的城市沒有窗子，但他卻期待受到處刑，如德古拉平原上的杜。

「你玩過FF嗎？」瞇著眼望向男人，他知道他們該有相同的語境，擁有全然放心的安全感。「你真是個熟透了的男孩……」探入的進程緩慢而激烈，他呼吸著稀薄的空氣抽搐喘息。

「不是男孩，我是、我是長頸鹿……！」

這是屬於他的動物園，長頸鹿的烏托邦。

男人與母親坐在靈堂前摺蓮花，作為一個插畫家，他摺紙蓮花的技巧簡直可以稱得上是愚笨。土黃色粗糙紙質上頭印著蚯蚓般的文字，一尊尊蓮花堆疊如豎起通向淨土的引路燈。即使到了這時候他還是不知曉要如何與父親訴說，那麼多年來的厭懼悲憫就將化作空墓蛆蟲，南風吹來悽悽的獸鳴，今晚注定是個怔忡的不眠的夜。

母親兩鬢開始花白、臉上堆積的皺褶，沒有任何顏色的指甲，母親褪去了青春的最後一襲光采。這個認知讓他感到莫名的安心，父親的告別式與火化就在明早，但他卻有種全家團圓的錯覺。

「上禮拜……」母親的黑色喪服過於厚重（跟老師過世時是同一套），夏日的夜在靈堂中沉滯而悶：「隔壁的王嫂從台北回來，她說在車站那邊看到你跟一個男的牽在一起。」

要冷靜。他想。

「就……朋友啊。」他沒有停下摺紙的動作，「她來台北怎麼不跟我說？我可以請她吃飯啊。」

「不要騙我！」母親抓住了他的手腕，纖長的指甲陷入肌膚，腥然的染成了紅：「我知道有這種人！不要騙我！」

「什麼人？」鮮血順著手肘往下流，他無法置信這是那個、是那個護犢的母親，但他不敢貿然甩開她的手。不管怎麼說，那可是**他的母親**。

「那種，喜歡男人的人。」她的眼神是如此惶惶不安，彷彿懼怕卻又期待著他的答案。

「妳不也是嗎？」他笑了，用一種殘酷的姿態掙脫她（他的手臂因此而有了長長的劃痕，泛著血珠的）：「喜歡男人的人。」

「啪！」她甩了他一巴掌：「你永遠也不知道我為你犧牲了多少，不肖子。」母親在粗大的白蠟燭前伏下身，用力抓住他的大腿。

「我要矯正你，你是我生的，我有權利要求你作任何事。」母親的手撫上他的腿根，男人不可置信的眼神無法阻止她將手指從膝關節往上游移。男人從骨子裡冒出來的罪惡感讓他噁心到想自殺。

好想死好想死好想死，他跪在地上懺悔式的乾嘔。

「喔，看看你這個白癡。」她面無表情地說。沉重的黑衣墜到地上，母親裸露了蒼白的身軀，比以往所見的更小、更加乾癟，但仍是一具女人的體。

男人顫抖著哭泣，但無法逃離，他像是變回了那年蜷縮在教室窗下的孩子，無助且悲哀。她撫慰著他垂懨的陽具，直至它逐漸甦醒。母親以全部的肉體侍奉著他、吞吐著他。男人仰躺在冰冷的地、父親的靈堂前，他看到母親的表情——不，那是一個女人的表情，那個蹙眉、微微咬著下唇泛黃的齒，在他正上方緊繃的身軀。

男人看到牆上的影子隨風晃動，如同多年前午後的窗影，低啞的喘息與哭泣聲交錯。長頸鹿的嘴裡長出了銳利的尖牙。就像他所有的噩夢中一樣，不斷撲過來又退後、撲過來、退後、過來、退後……

食人花正在咬嚙著一切，他是祭品也是唯一的餌。看到自己的精液從母親的腔內溢流而出，而她淡漠的表情卻掩不住隱隱的滿足。天哪。

天哪。天哪。天哪。他寧願就此死去（既然有現成的靈堂）。

「你以後搬回來住吧。」母親一邊拿舒潔的面紙擦拭著私處一邊說，指上的血液沾染了紅紅白白的一片：「我們母子倆要相依為命啊。」

該睡了，他們都該睡了。

這是該守靈的夜，他在母親睡去後燃起了所有。塑膠搭建的棚、紙蓮花圍起的牆，炙熱灼燒的棺木。裡面躺著父親與他，還有母親。沒有人可以將他們分開了，他的家庭美滿又幸福。

睜開眼睛前，雨水滴落在遮棚上的劇烈聲響及帶有濃厚霉味的潮氣猛的撲過來。有某種東西隱藏在規律的「嗶——嗶——」之中，那必然是崩潰而又聚攏了的，從迸裂隙縫中呼嘯而過。

長頸鹿凝視著他，發出貓一般微弱的叫聲。

男人終究無法逃離，在雨水的濃厚濕氣中他聽見更多的噠噠聲，長頸鹿們來了。閉上眼睛，任由長頸鹿咀嚼屍體，那巨大的存在是如此寧靜。男人知道他最終會被馴服，但永遠不會成為牠們的一部份，再沒有什麼可怕的了。

樂園在關閉時放起了煙火，所有長頸鹿都抬起了頭。但明天還會開幕的，牠們想，凝黑的眼珠無聲垂視。

噠噠噠噠。噠噠噠噠。

貳獎

欒花

經濟二 陳敏晏

夏季最後一陣的涼風遁入，雖非凍骨而寒冷。裹在被窩裡的陳穎卻打了個寒顫後，使勁推開一身的暖和，坐在床沿用力喘息以撫平情緒。這是她每晚都會經歷的過程，對她來說已經習以為常。在完全深入了解這個女孩之前，我一直認為她不過是個因為升學壓力而無法得到一夜好眠的國中女生。

這是我在某年暑期過後，決定進入新學校任職的故事。那間學校處於交通易達性不高的鄉間地區，校內充滿的是清新的空氣，和朝人襲來的無盡綠意。踏進校園後迎上眼前的是一列由紅色磁磚砌成的辦公大樓，大樓前有一列台灣欒樹，由黃漸綠的身影風中搖曳，宛如一群女孩為自己著上一身晚禮服在暖陽下輕踏舞步，裙襬下的樹影也隨著風與一地的鮮黃伴起舞。飄落的黃花下，我看見一個穿著一身紅色制服的女孩。她及肩的短髮被微風輕拂，身影在飄忽不定的樹影下佇立著。如此的畫面不應是存在著不協調感的，但那女孩卻像被人奪去精神的軀殼般，那好似跟我存在於不同的空間的突兀感讓我頓時失了聲息。女孩靜靜凝視黃花的身影，像是隨時會消逝的炊煙，但她深褐色的眼瞳卻像是宇宙中的爍星般不容忽視，那令我無法分辨的不安或不服的神情，不帶猶疑的侵襲我的視覺感官。這是我第一次見到陳穎的想法，她的身影在我初見她後的幾晚是令我無法忘懷的，或許她身上有某種吸引我的特質，連我自己也不明白為何對一個學生的身影是如此著迷。但隨時間流逝，我也慢慢忘了當初見到這個女孩的悸動。

身為一個輔導室的老師，不需要帶上一整個班級與其他班級較量，也不需要時常為學生準備一份份的考卷，迫使他們將書裡的古文、寓意、詞藻一一背下。或許是基於學校經費不足，輔導室內的老師只有我與另一位負責校內文書處理的秘書。這樣的工作分配方式導致多數輔導學生的工作由我擔起，但這樣的工作內容確實是讓我樂在其中了。一如常人所想，隨著年級的增長，踏進輔導室大門的腳步也是逐次增加。看了許多憂愁面孔，為愛情、為學業、為家人、為自己，以我當時的角度看來，國中生是最單純最希望追逐自由，也最不應該被束縛的一群人，但同時也是最容易自尋煩惱的人種。幾個周末與工作天過去，在那些曾見過的無數面孔中，我已經可以辨別哪些是輔導室的常客。對於緩緩步上軌道的工作模式，和為每一個學生找出專屬的心情舒緩方式，已經使我漸漸喜歡上這個單純而不受任何因素干擾的生活。

眨眼間學期已過期中，在幾次升學模擬考後，受到學業壓力影響的學生漸增，踏進輔導室的學生也突然以倍數成長，能夠從中找到休息的時間對我來說是特別不容易的。就在某日因模擬考，而學生多在為考試而繃緊神經的躲在教室內複習時，我倚靠在輔導室外的陽台上，俯望著大樓前的台灣欒樹，依舊是清風吹拂，和煦而暖陽蔓延的午後，不同的是欒樹花已由黃轉粉，使得它在風中搖盪的姿態更帶著幾分嬌媚，猶如穿著艷麗的舞孃在我眼前跳躍狂舞。飄落的粉英在空中旋轉蕩漾最後落地入土。

「老師，現在輔導室有開嗎？」一個輕柔的聲音喚住我因欒樹而遁入的癡想，聲音的主人是一個短髮及肩，眼神炯炯的女孩。

我換上以往專業的微笑，舉起手邀她進入。輔導室的空間是充滿溫馨氣息的，為了讓學生能夠放鬆而毫無憂慮的傾吐心事，一杯香醇濃郁的奶茶、一床柔軟而舒適的長型沙發是不可或缺的。由暖色的鵝黃所漆成的牆壁和不透光的褐色玻璃所環繞的教室，確確實實的給了完整獨立而不受干擾的空間。

女孩接過溫暖的馬克杯，低聲說了句謝謝。女孩的紅色制服與短髮依舊，勾起我記憶的眼神，不安或是不服，還有那令我感到突兀如樹影隨風飄蕩的存在感。

我也為自己泡了一杯奶茶，端了些餅乾後在女孩對面坐下。

「晚上我常常做夢，每天都是一樣夢境。這個夢讓我每個晚上都睡不好。」女孩不帶著任何表情。學生總是希望自己是被注意而且是最特別的一個，希望自己的問題是被關心而不被忽略的。甚而有些學生是害怕將自己的煩惱完全陳述，藉由夢境間接向我們教師協尋解決的辦法。但是夢是會擾人安眠的，而我相信這女孩是第一種學生，她眼瞳下的黑眼圈更證明了這一切。

想說說夢境的內容嗎？我問。

女孩沒說話，只是盯著手中的馬克杯升上縷縷白煙，此時，時間像是暫停了一般。

「是最近發生了甚麼事情，讓你失去內心原有的安穩？夢境中有出現認識的人嗎？」接下來的問題，沉默是她給我唯一的回覆。或許是因為女學生通常較希望是女性的輔導員，也或許是身分的差異等導致她羞於告訴我夢境內容，我無法得到解答。

「我只是想問問老師，有沒有甚麼好方法可以讓我不再失眠？」

「你是幾年級的？」我試著以她的年級來推論她可能失眠的情況。如我所預測的，三年級，最容易因壓力而出現異狀的年紀。在見過多個因學業壓力而輕生的個案，對於這個年級的學生我總是給予更多關注與關懷。

「那麼先試著在睡前喝杯熱牛奶，洗個熱水澡放鬆一下！」

「試過了。」簡短而明確的三個字。那麼在睡前深呼吸，或是調整睡眠環境呢？女孩搖搖頭。這樣的情況是從什麼時後開始的？一個問句，換來的又是靜默。

「那再讓老師幫你想想辦法吧！」我輕皺著眉頭，推推鼻樑上的眼鏡，女孩依舊盯著手中的馬克杯。我問清女孩的班級與姓名，也順便聊聊學生最容易回答的課業問題。依著我的初衷，找到能幫助學生的線索與方法，基本的認識與信賴是我必須建立的。我與她約好，能在閒暇時間到輔導室聊天、喝茶。我想若能讓她的壓力有個發洩的出口，或許就能增加睡眠的品質，那麼升學壓力也能因此受到些許排解。

或許陳穎也明白我的用意，與她會面閒聊的約談時間增加。雖然她總是盯著手中的杯子，迴避著多數的問題，但對於她的生活背景還是有了些許認識。陳穎上頭的兩個姐姐都是畢業於這所國中，以校內前三名的優異成績進入榮譽榜單，想必使周遭的師長與家人給予她不少的期許與負擔。直到她問出那句話前，我都以我當時的認知判斷，女孩的睡眠絕對是與學業有關的。

如果明白活著的痛苦，那麼為什麼要活著？一句由清茶潤過後的淡淡殺機由她的口中發出，無意識的刺探著我。我害怕著這問題的解答，我無法得知答對的機率有幾成。但若是答錯了，便可能成為我內心所懼怕的導火線。

我試圖構思問題的解答，但她的下一句話卻猶如隕石般，毫不猶豫的重擊我所有思緒。我殺了人。如此明瞭的肯定句，頓時將輔導室內的氧氣燃燒殆盡。我的思想停滯片刻，隨即又如湧泉般浸滿全身細胞。我的學生殺了人？殺了誰？為了什麼原因？又是什麼時候？屍體在何處？……不斷湧入的問句迅速浸潤全身的毛孔。我張開嘴卻發不出聲，有多少的疑問卻只是停頓。第一次，陳穎將焦點從馬克杯上轉開，凝視著我。被這般專注而無法看透的眼神注視，竟然令我感到如此不安惶恐。我使盡力氣抑制自己狂亂的情緒，試圖讓一切恢復正常。我想保持鎮靜向她問清來龍去脈，但鐘聲卻在此時要求對話停止。

「老師我先回去上課，有時間會再過來的。」陳穎輕描淡寫的留下這句話後走出輔導室，我想給她一個微笑，但或許在她看來也只會是僵硬的苦笑。

門關上的瞬間，我全身的細胞放鬆，但思緒卻依舊在剛剛的對話中奔馳。若是一般教師，聽到學生提供了可報案的消息，一定會馬上報警。但如此的狀況，卻彷彿測試我一般，要我抉擇將她送進警局，或是保護她？那在這之前她所問出的痛苦又該如何解釋？她是為了那個為她所殺的人，感到虧欠而失去睡眠的？

此時的我像是處理過多文件的機器，無法正常運作。我走出輔導室，讓自己過熱的機體冷卻。或許等到她下次來再問清楚吧。我給自己這樣一個建議，在馳騁著的思緒中開脫。

但接下來的幾天，我見不著女孩的身影，我開始擔心當初所給予的反應已經成為不信任她的證據。拖著屢屢沉重的步伐，在輔導室前的走廊深思，我將自己沉浸在單純而無雜質的思考殿堂。涼風掠過我的髮梢，在這個時節，台灣欒樹已經將一身紅裝卸下，只剩一身的綠意。一地的落英服貼土壤，為的是讓驕傲而華麗的犧牲成為養分，在下一期的花季可以完美綻放。

「老師，能和你談談嗎？」一個溫文儒雅的聲音將我從思考殿堂內喚醒，是邱老師的聲音，我點頭向他示意。

或許是基於共同都想為學生找到最好的讀書環境及釋放壓力的方式，讓我和多數任教老師間的辦公室即使隔了許多面水泥牆，也依舊能建立良好的關係。邱老師走向我，遞給我一張考試用的作文紙。「紅」是作文的標題，我看了寫作學生的姓名後，了解邱老師將這份作文送過來的原因。

當我經由母親的字字句句勾勒出那天夜晚的畫面，深深的紅色便會侵蝕我的雙眼，疼痛與不安在內心加劇。對於上天開的玩笑，我能給予自己的不過是無法洗淨過往的淚水，與那張總將自己投入苦澀中的可笑臉孔。回憶中的我，總是一身赤紅。十五年前的春節前不久，鮮紅已經乘上人間的喧鬧聲蔓延。父親帶上十個月大的幼女與他在綴著無數爍星的夜月下騎著單車散心，想必當時涼風吹拂，給予慈父與她的幼女最溫柔的撫觸與親吻。但母親說起的故事結局，給予我的是一聲轟烈駭人的無聲撞擊，和濺了一地的豔紅與圍觀人群的喧囂。聽起這個故事，我總刻意將自己的心神迴避，但故事中偶然飄向耳膜的「保護」與「拋出」等詞，只是一刀刀劃向心口的利刃。在父親離開的那年，春天是白的，摻和著的紅是只能苦嘆的卑劣玩笑。原先不存在於我腦海中的回憶，在母親將一塊血紅的記憶放入後，我才了解，雖然當時無力抉擇，但我依舊在選擇的瞬間被留了下來。我是個殺人兇手，這是我給自己唯一的解釋。與父親共享完生命最後一刻的剎那，即是我身為紅色殺手的開始，也是我得到代替他活在這個世界上許可的瞬間……

我將作文內容細細品讀後，向邱老師道了謝，我對於現在學生的作文，沒有辨別真假的能力。但我與邱老師兩人在走廊陽台上感受微風同時，他與我說了的故事讓我陷入更深沉的苦悶。邱老師眼中的陳穎總是活潑而努力上進，雖然成績起初是起伏不定，但是隨著年級的增加，她的努力愈見成效。「從不缺課的學生」是各科老師對她的印象。直到在某個上午，不見她進入教室內自習，卻聽說有人見她倒在辦公事前的大樹下。那天下午負責那塊掃地區的班級花了好些功夫清洗她留下的血泊，但那塊痕跡卻猶如想證明什麼似的就這樣駐留在那兒。

「她現在在哪？」我問。

「前幾天還在醫院裡觀察傷勢，但這幾天應該已經回到家了。我這幾天會去她們府上探訪，您願意與我同行嗎？」

我明白邱老師提議背後的用意，但我若見到陳穎，我能說些甚麼讓她好過些？告訴她，父親的離開不是你的錯？或是承認她的父親這麼做是好的，她承擔的這些並沒有必要？這些話說了，對她或許只能是耳邊風罷了。

「約莫是在這星期六前往，您若是願意同行，以電話通知我就可以了。」邱老師或許是看見我的猶豫，留下這句話便隨即離去。

躲不掉也逃不開的煩惱翩至，我望著辦公室前的台灣欒樹，試著想像當時女孩站在樹下，以鋒利的刀刃劃下白皙的皮膚，那不是為了追求紅色的快感，而是選擇以最冷靜的衝動，陪葬。對她來說，那不曾在她記憶中存在分離場面，卻是讓他遊走於活著與死亡邊界的關鍵。或許她的父親並沒有時間去思考自己的離開，將給這女孩什麼樣的未來。純粹的父愛，無害而單純的保護與犧牲，在她身上烙下最明顯的印記，那被燃燒得灼紅悲慟，至今沒有消逝，更別說那並未被擦乾的淚痕。

那週五的夜晚，我仍猶豫著是否前往探訪陳穎。若是見到一個輔導老師特地前往學生住處是否會徒增學生的不安？我想我能明白那被夢魘驚醒的每個夜晚，失去全身溫度被絕望佔據全身的孤獨靈魂，是絕對敏感而不易接觸的。

「何不讓她見見你也曾經歷過的？」一個輕柔的聲音在腦海中迴響著。

我轉過身，身後是一個留著飄逸長髮，有著溫柔微笑的女子，一種讓我似曾相似的感覺在心中竄起，女子的笑容是如此熟悉而溫暖。女子沒有走近，而我的勇敢也只允許我遠觀，我也以微笑回應她。我不敢呼吸的太急，像是潛意識裡害怕著她就這樣突然的消失。

我眼中只映著女子的身影，也與她就這樣維持著沉默許久，一陣熟悉的痛楚突然霸佔我的全身。

「多久沒見了？」我開口問。此時，我眼前的景象更替，女子不在了，只剩房間內依舊映著窗外路燈的天花板。我任寂寞、孤獨與痛楚爬上我的床沿，眼角蔓延的淚痕尚未消退。

那個問題是日日默數天數的我是最清楚的，此刻的我很明白，方才遇見的只是個夢境，一個即使離開那喧囂都市，依舊跟隨著我的夢境，而如今我已經與這樣的她相見幾回了呢？即使我仍能以微笑回應，但已深植的痛苦是狠狠扎進心底的。我並不是一個勇敢的人，在妻子離世後，為了逃避那猶如被炙火燃燒般的痛苦，而躲到鄉間，但我明白的，明白離開的人總是在某處還停留著，明白他們即使一句話都不留，一個字都沒說。太多記憶混雜，當時與她相遇的情景已經不再清晰，忘了許多，但妻子的微笑始終停留在那時。

活著的人與離開的人總是有著微妙的聯繫，或許這樣的羈絆並不一定美好，但因為一個人而改變另一個人的未來，卻可能讓活著的人重新找到不同的生命意義和活著的價值。人是為了甚麼而活著？這個問題已在多少個人心中成型？又有多少人找到了令自己心悅誠服的的答案？

我抹去眼角的朦朧，起身戴上眼鏡，瞥了一眼牆上的時鐘。五點半。我不清楚方才的夢境是妻子給我的提示，抑或是陳穎的境遇給了我潛意識回想過去的機會。無法確定的答案，和已經成形的回答。我傳了簡訊給邱老師，確定時間與地點。

我們按了門鈴不久，一個約五十出歲的中年婦女為我們開了門。踏進門的瞬間，我將自己原先設想的空間完全抹滅。我對於陳穎兩個姐姐傑出的表現猜測，是因她們皆是出自單親家庭，通常若非走入不當之軌，便是在同期生中鶴立雞群。或許是因我存在太多性別觀念，但由一個生存於守舊觀念年代的女人來說，在事業中闖出一片自己的天空，為自己的生命打開另一扇窗是何其困難。我眼前的畫面卻是出現在一般小康家庭中的景象，我可以明顯的感覺到，陳穎的母親是如此為了這個家庭，努力組出一個家庭的樣子，努力給予三個孩子不差於一般家庭的生活。這棟房子處處可見陳穎母親所付出的心力，與奮鬥的痕跡。這是如此的受到細心的照料才可以這樣乾淨整潔有秩序，要接受多少年的打拼才可以打造像這樣寬敞舒適的空間？

陳穎的母親向我們問了好之後，便將陳穎喚下樓。交代陳穎幾句後，便逕自走進廚房準備茶點。我們在客廳裡就座後，我仔細觀察了陳穎的神色。與她上一次踏進輔導室的樣子相比之下憔悴了許多，眼神裡的不安與不服稍稍的褪色，但是與這空間存在的突兀感增加了許多。此時的我才明白，那陳突兀感是陳穎掙扎於這個世界與追求一刀痛快的猶豫。

我與邱老師向陳穎關心了幾句，邱老師便說先上車等，將話題的空間留給我。起初沉默占據這寬敞的空間，只剩呼吸的頻率不間斷的流動著。

「老師，你們今天來的目的是甚麼？」女孩先在沉默上劃開出口。

「想看看你的傷勢，還有給予妳之前的問題一個答覆。」

陳穎的眼神頓時喚回了一些精神。

「或許妳輕生的原因，是對於父親的離開感到虧欠，對於活在這個世界上的代價，是犧牲自己的父親而感到痛苦。」陳穎又將眼神放低，而我繼續說著：「或許也有人對妳說過，活下來的妳當時並沒有權利選擇離開，那時他所做出的抉擇並不是妳的錯……。」

「還有人說，被留下來的人應該要為離開的人好好的活著，要為了他們活出價值。」女孩不帶抑揚頓挫的語調，彷彿對這個世界失去了所有熱忱，認定眼前的混亂與痛苦才是最完整的事實。

「所以認為這個存在於此的生命並不屬於自己？」我問，熟悉的沉默依舊「曾有人說，人活著是為了三種人而活：家人、親人和朋友，當妳為了這三種人盡心盡力的活著，便能得到圓滿而無憾的人生。但是，我想那個人並沒有仔細想過自己過著怎樣的人生。」陳穎依舊沉默著，但我明白她心門的鑰匙正被我握在手上。

「曾有另一個人這麼對我說，說每個人降臨到這個世界上時都帶著一本書，一本沒有華麗封面，也沒有任何內容的書。這是人生的起程，我們被賦予了完成這本書的任務。我們用盡一生去尋找那些存在於這個世界上遺落的碎片，組成自己一篇篇的故事，那些對我們而言再重要的人，也只是我們人生中的配角。也許有些人在一開始拿到的書本就已經是不完整的，造成他們在人生起點的遺憾，但他們依舊可以選擇在這本書裡完成最有意義的故事。另外有些人想在這本書尚未完成之前，便企圖撕毀這本書。」我用眼角瞄了陳穎表情繼續說著：「怎麼完成這本書，怎麼為這本書架構一個好的結局，全看主角希望故事怎麼發展。沒有人有著完全相同的故事，也沒有對於生命的意義與價值有著完全相同想法的兩個人，因為沒有這樣兩個人，過著完全相同的人生。」陳穎依舊沉默著，像是櫥窗內的人偶般沒有動靜。

「妳知道學校辦公室前的樹叫什麼名字嗎？」我問，而女孩搖搖頭。

「那叫台灣欒樹，它的花在剛開始是黃色的，但是仔細看會發現那些錐狀的花朵底部是鮮豔的紅色，彷彿那些花朵也有著自己的心跳一般。當黃色的花凋落後不久，樹上的花將會轉成粉嫩的紅。最後連粉色的花也跟著墮入土壤，也代表冬天即將開始，而這些花朵變成這棵大樹的養分後，會在下一次的花期開始時更加完美的綻放華麗的色彩。」我說完才發現此時女孩因為花朵的故事，而用一種我從未在她臉上見過的眼神注視著我，那是孩子發現一個未知的事物後的新奇眼神，原先的不安與不服已經從她眼神中消退不少。

後來我與她的談話，已經無法在腦海中喚起記憶。也不清楚那時文學造詣並不好的我與她說的故事，是否有完整的將我想告訴她的含意傳達給她。只記得在那天過後不久，陳穎也復學了。但已不見她再次踏進輔導室的大門，而畢業的季節也跟著到來。在那不久聽邱老師提起陳穎，她雖然沒有優異如她兩個姐姐的成績畢業，也沒有如師長們預期的一樣失去求學的方向，她以迅速而穩定的進步成為班上的黑馬。

當我們探訪完陳穎的那天，我思考著陳穎的母親難道不曾像陳穎一樣迷惘而不知該如何是好？那段過往難道不曾令她對於未來怯步？難道不曾對女兒說清，當那些燒灼的記憶只能一人背負的時候如何撐過？有些答案，我永遠不會明白，但我想，陳穎的母親並沒有試圖分享過去的原因，或許是因她純粹的希望陳穎能夠用自己的力量，找到自己的生存價值，如此的想法，是希望這樣的行為能讓女兒看見生命的意義，從而更加穩定的成長茁壯。

我們的人生中總有幾個足以影響自己一生的人離開，不論是家人、朋友抑或是自己所愛的人，他們是已消逝卻也同時駐留的存在，不論是以什麼形式離開，又以什麼形象留下，都影響著那些活著的人。生命的特別處，不在於別人如何成就自己，而在於是否能感受到自己的與眾不同。這些緊緊相扣的生命體，或有成為養分促使他人成長者，也或有成為遺憾而帶著他人生命離開者。但生命的不斷延續，宛如花開、花謝，那些花瓣的重疊堆積，是為了延續，而若這個世界持續綿延不斷，我也會成為世界的一部分。或許很不可思議，偶爾那些記憶像夢一場，但那存在過的生命是不可抹滅的。

自女孩畢業後又過了幾年，偶爾想起事情的經過，也同時回想起妻子的面容。但對於妻子的離開我已逐漸放下，隨即思考著回到原先住處的打算。當我將所有安排敲妥，想走回輔導室處理完最後的工作，卻望見辦公室前的台灣欒樹，已漸漸沾上陽光般的金黃。校園內的涼風依舊吹拂著，快要入秋了吧！

我倚靠著辦公事前的陽台，望著那宛如少女輕踩的節奏跳著圓舞曲的樹影，回想起當時遇見陳穎的畫面。此時，樹下一個飄逸長髮的女孩走過，或許是我多心，但那女孩的身影彷彿與我記憶中的誰重疊了一般。我也沒多想，只回到那一如往常的工作空間，讓自己再一次沉浸在輔導室的溫馨氣息中。一切都是一如往常，但我注意到辦公桌上多了些東西。我輕輕捧起桌上金黃的欒花，笑了。是的，我明白，那些即使不用文字表達，也依舊清晰明朗的意義。

參獎

脫皮

中文碩五　謝明成

用修剪至完美、無瑕的食指指甲，刮著脫皮邊緣——若邊緣太淺，就必須同指頭肉連刮帶推地、時而溫柔的殘暴、時而無意識的只是手部動作，他想：這樣弄下去，取而代之的什麼即將被另一個什麼改變成第三、第四個什麼。一如此時，他之有能力用兩指夾住、掐緊那片翹起的脫皮，然後往邊撕去——表示了你有能力承受一切、一切事物發生或發生的事物。預料之外的，是這回長度太長寬度太寬，以致背的主人動了一下身子，不自主「ㄣ」一聲，他竟問：「弟弟，弄疼了？」。見少年埋在枕裡搖頭，動作模稜得只得會意、假借成了他沒有、絲毫、一點要他收手作罷的用意：繼續撕，繼續在皮下露出白色到嫩粉紅的、新的肉，繼續到滲出一絲血在眼前，他也總沒有絲毫、一點後悔花盡一整個午後的美好去剪、去銼平，然後試刮手心，不痛，不礙於對方的惡意與善念，否則他會心甘情願留長度半毫米的、暴雨後窗外低空浮出的彎月一樣、嫩黃色澤的指甲嗎，一定得要是食指的，他說。

「弟弟，什麼副詞最惡毒？」

每次等不及回答，他就發現暴雨後的說話聲像一根銀針的觸地聲如此巨大、如此令人無所適從在一個能彼此、相互裸裎的人面前——這層關係和手術室裡操刀醫生和割膽囊盲腸或換心換腎的移植病人有何種可能性的差異，在少年翻過身子一雙淚濕的眼攫住他時——是悔恨，抑是罪惡感，他都能不需要懂，只以過來人的口吻，在床的另一頭，彷彿對海角天涯，對沉默那邊的余明亮哼唱舒伯特最討厭的那支歌，趙傳也唱過，他說。

「男孩看見野玫瑰，荒地上的玫瑰……」

六月暑熱，樓梯間的見面——他只有對對面敞開的門內裡卡帶機在轉動齒圈傳出一股香草色、甜稠的曲調還有點在意——除此之外，沒有其他。

「余明亮，我兒子。叫老師啊。」母親頭頂著鳥窩，顯然一早去了美容院回來，進房更換上紫絨連身裙、挽金鏈小提包、黑皮平底鞋站在我身邊——那身裝束使我嫌棄、丟臉到無法啟齒，彷彿我才是不被原諒的。無奈母親嚥不下氣轉頭過來與我四目相峙，那種暗示藏在表情後面，像每晚她碎碎念：「老師好後生，大學剛畢業教中學教補習多賺一點嘛」來掩飾我對著電腦「喔」一聲算是回應了的挫敗情緒，隨即螢光屏上網頁如樹頭葉叢深迷處、俯視而來了一雙目光，嚴厲地關注、警告式地往我後腦勺「啪」下去。

「叫老師啊。」母親咬耳根子說。

有沒有叫「老師」最後我也忘了，像水泥牆剛漆上白漆——開始時是一種增加，濃稠地，後來則是一種消滅，一片一片地失去內容，再後來我才察覺，我和母親是被「老師」帶入如此的地步。進退兩難之間，老師先邀我和母親進入和我們家無異的補習地點，只差沒有沙發、沒有電視、沒有櫥櫃、沒有其餘可容納、可隱藏的空間——除了這裡，和唯一的飯桌。當他安排我坐在對面時，母親才是不好意思打擾的那一個人似的，不好意思地退出、壓低聲量、門口處伸頭說：「好好學」，然後不好意思地讓我不好意思。

「這怎麼做，老師？」

一星期一天，一個月四次，一次兩小時的補習課。

老師教數學，因為我數學最差，差到連一加一我都無法給予理解。

老師比喻說，一粒蘋果加一粒蘋果，等於兩粒蘋果，我說，蘋果是什麼顏色的，老師說，紅色，我說，那麼就是一了，因為一樣是紅色，除非，老師說，除非什麼，我說，除非一粒是青蘋果一粒是紅蘋果，老師說，那也等於二，我說，不，還是一，因為青蘋果一粒，紅蘋果一粒，老師沒有說話，這一次放棄另一種比喻地笑了，我並不討厭，也跟著笑了。

少年很壞，翻回身子，露整個背部引誘他，像引誘一段故事。那血也像已結塊，他遂湊近，伸舌頭去舔，少年笑說，好癢好癢，好像一片砂紙唷，他趕緊吞回舌頭，讓失禮的淚水、鼻水也一併吞回去，少年哼起旋律，沒有歌詞，一如他的舌蕾沒有感受到新的皮膚和舊的皮膚之間的觸感、滋味，和失去血塊、沒有痕跡的痕跡，可憐他伸出食指，對專注在哼曲的少年說，我不想這樣。

於是老師誠實告訴我：「用背的吧。」

第一堂課，我背加法。我盯著老師，像老師盯著我做好的數學習題——藍色的襯衫已從背後汗濕到了肩膀。老師湊過來看時，我也做數學似的背下那深海色的、沿岸拍浪的濕跡。直到老師檢查完習題，再將錯的、另一頁的題目推來給我，我背著 14+20=37，42+52=96，也背著我兩手都抓不完的老師頸項上，白白、毛毛的脫皮。

第二堂課，老師換上一件寫著「博愛中學」的運動白T恤，說著減法。說著說著，我就明白了，好簡單得像老師袖裡長出來的手臂上的黑毛，被熱風斜斜吹拂，又彷彿向陽性而長歪了的灌木林，葉葉騷落，像減法——在飯桌上捲曲著幾十根手毛。也好簡單地忘得一乾二淨，在第三堂課老師亮出手寫的馬尼拉卡乘法表，有意讓我的空白再被填滿，我想，補習的用意、目的就不過如此的輕率，所以我閉上眼睛，配合 339，3412 的速度，搖晃椅下的短腳，一次又一次，刷過老師新長、多毛的腿。

硬硬的、敏感的、絲絲入扣的、癢。

恰好第四堂課，老師手耙著頸項至肩膀的脫皮，難耐的，卻靜得非常。彷彿一題難解的除法，被一種觀看除餘下如雨的皮屑。老師說，陣雨停了，我低頭說，嗯。無奈我已心不在焉於一個月了仍未消退的強腐蝕性的油漆氣味，在雨天後尤其突兀，而且品味途中常常混雜著一頭性情猛烈的動物，渾身髒髒，在我和老師之間蹲坐著，想伸舌頭舔卻又不敢，因為我看見了刺，和一隻刺蝟坐落在作業簿上老師名字欄：

「吳影輝。」

「我父親取的。」

（我的也是父親取的嗎，老師？）

下課後我從褲袋拿出三十零吉繳交七月的補習費。我一直期望老師能發現，亦不出所料，老師頻頻望顧我刻意半開半掩的門，問：「你母親呢？」我卻忽然失去勇氣抬頭看老師的眼睛，我後悔這太出乎預料的坦白，像出賣了自己給一個路過、順便買東西的人，我不是他們的目的但是我告訴他，你是我的目的。我說：

「我父親死了，老師你可以帶我去游泳池嗎？」

「男孩看見野玫瑰，……，男孩看見野玫瑰，……」

少年只學會這一句，之於每到此句便跟著大聲吼，毫無音律，以一種野蠻的信任、恃寵的任性。他記得少年過來試探他的走姿、坐姿、刻意左顧右盼的眼球運動都展現維多利亞時期、雕像的氣魄——毫無羞澀，以供游泳池的眾徒瞻仰，他亦不例外，在太陽眼鏡後另一種小心匿藏的表情被少年揪出，他問，怎麼做到的，少年說，2032 年出產的探測器，雞蛋狀，像心，小巧輕便，可選同性、異性、3P……可惜。他問，可惜什麼，少年最後也沒說，他卻諒解了，在紅霞暮色即退的床褥上，輕輕地，用食指在少年的背上、新的肉裡，寫字——

去游泳池，是補習後三點半到五點半的兩個小時。

我必須先打包白斬雞飯給房間裡陪著父親的母親。

我必須閃得夠快，才能來回母親僅留給我的門縫。

我必須和老師走上一段大約十分鐘的路，抵達鄉鎮唯一的游泳池。老師先去買票，查票時我向老師介紹了售票查票救生員於一身的甘伯，甘伯對我笑笑，卻對老師嗤之以鼻，卻又對我露出一絲哀苦至極的似笑非笑——我無禮地對照其荒蕪程度和裡面三、四個中年男女，泡在藍藥水裡不游不動、無悲無喜、沒水花四濺只是靜流的游泳池毫無千分之一的不同。

和父親來時一樣，我做了幾個暖身動作（彎腰、伸展、小跑步），然後退下運動衣褲，迫不及待地跳落水，一直落一直落，彷彿無底，我以為會更接近父親，同一個水域，但有兩隻，忽然地，硬生生地，將我拔起。出水面後，陽光像沾在眼瞼上的水滴，慢慢滴落，慢慢還原我的視線，和視線裡的老師，我殘存地撲向、抓住老師，像他是個救生圈，而上面綁著的繩子卻在對岸、甘伯的手裡。

在入口處，在池邊，在救生高椅裡常常有一種視線，像敘述能力一樣，敘述著我和老師。老師用幾分之幾的手、的腳、的身體，觸碰，支持，教導我划手、踢水、胸中含一口氣，凝聚腹中，像蛙，清空身體，全盤繳械讓位給另一具靈魂，老師說，這是蛙式。然後手劃S形、往後踢水，像噴射機游出去，這是自由式，要不然你累了就躺下，別慌，別亂動，把背靠到我的手上，用腳輕輕劃水——當我發現距離在水中拉鋸，你和我已以各異的速度、長度、空間，成長或衰老。

「這叫仰式。」

游完泳後開放式盥洗間裡，我和老師裸裎，但不相對，用背迴避在消暑的花灑雨幕中，隔層的霧色也在老師黝黑發亮的皮膚上，被我頻頻地回顧中潰散成三角形的最初之色——臀部、小得可恥的泳褲狀、只佔高大身材的十分之一，也曝光在下一回學會自由式後，我和老師都面向磁磚而側對，我全身抹滿肥皂、泡沫、抗菌檸檬味，接著沖水，看見無毛、平滑如瓷的腹部，看見老師野生、茂盛如叢林自肚臍眼往下再往下的鼠蹊部，像引誘一頭躲避槍眼、落難、求生的幼獸。之於我忍耐了一個星期在預謀的今天，我自然地、飢餓地朝目標走近，然後伸手了才察覺顫抖的觸碰已抵達勃起的地雷區，轟，老師跳開，在千塊瓷磚上，那紫色龜頭上下晃動如點頭。

七月尾聲，最後一堂補習課因過界的觸碰和晃動而在飯桌的兩頭維持著犯規式的小心和安靜——我做著毫無頭緒的微積分，五指轉動著鉛筆，像準備起飛或降落的直昇機，但其中的暈眩感又以小數點後的數據偏移著，更像火車脫軌，我想——我，乘搭的旅客，老師，遙控的司機——或相反。

「我不能再教你游泳了。」老師囁嚅地說。

寫著愛字，像寫著一種潛行的告罪狀。

少年起身，舉手套回白校衣，像投降、掩蓋著這般難堪的處境，即使短暫數秒。於他如此，於母親如此，於吳影輝也如此。昨天家長日，他就遇見了吳影輝和吳國棟，他走過去叫了吳影輝一聲「老師」也被吳國棟叫了一聲「老師」，預料之中父子倆閃如鬼影，棄他而去——他明白他不過是自找麻煩卻又樂見別人的窘樣。一如「七月二十八日」補習結束後他沒去游泳池，在家吃著母親剩下的白斬雞飯——他感到前所未有的飢餓感，像一頭帶茸角的鹿，撞擊著胃壁。每咀嚼、吞下一口，就結束一次，無數的一口，也就是無數的結束，他狼吞虎嚥地咀嚼、吞下第一也是最後一口。

我單手擊鍵盤，雅虎搜尋欄打下：「gay」——「娘娘腔」、「死基仔」，服飾標籤又便利貼地被邊唱菊花台的同學貼了又撕、撕了又貼在之所以蒼白、無毛而平滑如瓷的皮膚上，我想，之中映照他們可否瞥見他們的嘴臉——一點就好。

按開三個網頁。第一，啤酒肚胸脯下巴腮都是山脈延綿般的鬍渣黑毛熊人；第二，幼齒男孩，13到17歲，渾身上下塗滿釉漆經慾火窯燒至渾然天成之光度、觸感、純潔無瑕如陶，同齡的厭惡感如蝗蟲害的青春彷彿我在對自己發脾氣關掉上下網頁。第三，紳士西裝男，首頁上敞開著的海藍襯衫底下，胸隆如高原，胸線如山溝深入過層層坡丘的腹地隨細毛延深至熱帶雨林，其下之物卻被圖片切割而嘎然而止。

卻手下的硬挺，隔著棉薄運動褲、隔著對老師的想像、隔著恐懼和忘我的奔竄，我目瞪口呆於網頁左下角的小視頻螢幕，短短三十秒——挑逗、擁吻、解帶寬衣、舔、含、抽動，極限在一張單人椅上，兩人面向鏡頭，一人其上，然後對準向下，像插頭，通電入四肢、表情、動作，甚至聲線，隨急促不均的喘氣、鼻息，時而悶聲呻吟，時而撕裂、柔軟、禁忌而收聲的壓抑，我驚若雛雞、痴若蛇蠍在那種積極的苦痛和乙醚的毒液中如福馬林浸泡的嬰石化的惡意。我一回頭見母親立於門外，箭步走向一個她開始不識的兒子，唰一巴掌在左臉，再右臉，下來竟不是我掩臉，而是母親，掩臉跪地慟哭，而我傻傻任臉頰在空氣裡磨擦生紅、生熱、生痛。等再回頭我卻訝異這房、這屋從始至終都空無一人，之於我失望，我慶幸，其實也不全然如此，我只是僅存木椅內——枝椏錯綜著偽裝的葉、花，我仍在咀嚼，吞下一口飯，一口白斬雞肉的另一個胚胎、碩果、嬰的外皮，生紅、生熱、生痛，抵抗、睡眠、安詳如一。

一／1，橫豎到底，我掏出褲袋裡的三十零吉紙鈔決定去游泳池。

準備關閉的游泳池和想像一樣安靜，一樣以荒蕪於鏽斑的躺椅、積垢的瓷磚縫、鹼性且毫無水花的死水處世——即使三年後它仍被掏空、拆卸、重建成商業中心。即使當時我懵懂見售票窗口、檢票入出口、游泳池內皆沒人影，連甘伯都不見，我便夾腳拖鞋走進去，照樣幾個暖身動作後退下運動衣褲，然後靜靜地，下水。

游了幾圈，我已被敘述成一段懷舊往事。我意識到盥洗間裡的視線——膽怯、急迫如激素分泌入兩方的心肌，咚咚咚，擊快板小鼓著皮。尤其在我爬出水池，在殘熱餘光下我的肌膚仍灼炙著一種酷暑夏日的自虐，不是冬日的乾裂，不是純然單方面，而是外至內、內至外的熟透，像一尾油煎的魚肉，發出薑絲、蒜、醬油，腥香又誘餓貓的氣味。

走進盥洗間，脫下泳褲，我站到花灑下，讓擊射的疼痛如星光閃爍在替舊換新的瓷白肉色上——尤其頸與背。洗淨泡沫，我渾身檸檬味，以殺菌的姿勢迎接，並保持新鮮，如展示品般坐到石灰鋪滿千塊瓷磚的平台上，我繳械、毫無殺傷力，甚至如神祈求著信仰者。一如我所料，不久在回教堂誦讀聲自擴音器散播成一種蚊蚋、霧的濃重和輕盈，進退之間，我兀自皮肉顫慄，因冷瓷磚因雷聲，無論奈何此時甘伯像到底了日子的游泳池走近我，一身骨肉包裹在皺巴巴、經日曬雨淋而發污的皮囊，我驚覺，皮囊不曾縮水，只是內容物正漸漸抵達空無之境。

用手指掰開我的雙唇，他將它置入口腔，叫我吮吸、搬弄舌頭然口感卻像嚼得過久、失去薄荷味卻絲絲酸澀的塑膠糖，同時我的鼻息也呼吸著鐵鏽、苔腥、漂白水的複雜，之於他拔出時，口腔的空洞，是怯怕，是自卑，然而他還是將我的雙腿掰開，提高我的臀部，把小腿八字形架勾到肩膀，然後對準、衝刺——我意想不到我的殘忍是拒它於門外，它軟趴趴地有一觸沒一撞著門，急促的喘息和呻吟竟成了哀求更祈求：

「我曾經年輕，我曾經年輕，我曾經愛過，我曾經……」

沒有踢開或逃走、沒有任何舉動地馴服著他讓一切事物發生完成——也真的沒有一絲出於背叛性質的安心地受辱——他是想不通，經年後也不願想，因為一路鄉關暮色的回家途中，水蒸氣沸騰著，他是先數著毛孔中被擠出來的汗滴。一、二、三。然後才是雨。四、五、六。到家即落傾盆大雨。之於開門聲，他不曉得多年後為何少年竟如此小心、如此刻意——他看少年轉回頭時急撇過頭，少年說，我回家了，媽媽等我吃晚飯——隨後即關門聲，少年仍不曉得他是聽見的。之後，他遂除下回復原型的陰莖上的保險套，丟下床邊，他想，草莓味、巧克力味、奇異果味……最後都混為一種味。七、八、九。入家門前，在已緊閉上的門、貼著租房告示的內容無謂得像白漆一片一片、一片一片剝落，直接揭露了內底裡灰暗、粗礪的水泥牆，間接也揭露了拉扯至瘦長至對牆至天花板的影子比他都沉重幾公斤、幾巴仙、幾倍。

九九九。打電話報警：「我的父親死了」，即掛。父親死後縮水的身材也大致和少年離床後所留下的皺褶大小差不多。

然後在母親旁邊，我擠出空間放置錯位的身子。這樣就對了。感覺宛如幼兒期我和父母一家三口仍住在租厝小得僅能容納一張雙人床便擠滿的床褥上，相互依靠、支持、撫慰著，像綁著我的繩子就繫在母親、再父親的腰部，經肚臍，繞幾匝，未剪斷的臍帶打著花藤枯萎糾結一般的死結。

「你脫皮了？」

恍惚間，他無限度感受到疲累，尤其今天七月二十八日——十歲生日。他早已不唱生日歌，是不曉得忘了而失去音律和歌詞，還是自他出生以來，開口就是：「男孩看見野玫瑰，荒地上的玫瑰……」。他邊唱邊在食指指甲一咬，一撕，一咬一撕之於白色床褥上佈滿似沙粗礪、偽裝、分身的脫皮，正被另一手指甲刮著、撕著。

「ㄣ。」

恍惚間，我答應了。我夢見了黝黑、舊的皮；卻真實地裹在卡帶機裡那片蒼白如瓷裡的融化香草冰淇淋的旋律，不，皮，像一條白蛇，自始至終，像0＋0、0－0、0×0、0÷0之後會有什麼，你問，什麼都沒有，連曾經都沒有——他說。

佳作

森徑百物語

輔諮所碩一　黃敏懿

一、最初，尋找毛皮

甫誕生，凡我族類，即從母親那獲得天賦毛皮。

每件毛皮都有獨特風采、才能與祝福；是專屬於個人的咒。

村裡有個傳統。

長者過世時，最受照顧的年輕者，要將自己的毛皮，奉獻入土。一方面表示最高的回憶與敬意，另一方面表示對逝者的祝福和感謝。

這不知是啥時開始的習俗，不過肯定是持續了好幾百萬年的光陰。

去年是隔壁的初蕊，跟我是同期的搭檔。她毛皮潔白如新雪，柔嫩光滑；喪禮那天，她一邊哭一邊跪在地上哀求，不要奪走她的毛皮。

同輩族人們暗自竊笑初蕊的失態。

能為長輩獻上毛皮，一方面代表對長輩的感激之情；另一方面也是代表從今而後，自己將負起延續這位過世前輩的生之使命。

我與初蕊是同期，一起遊玩，一起接受家老培訓，一起狩獵，一起成長，一起搗蛋作怪的好友。

這次的失態，使家老們禁止任何人接近初蕊，就算直接去她家敲門也會被她家人用各種理由拒絕在外。

當我對初蕊消失還耿耿於懷之際，祖父也傳來了噩耗。

從小我就與祖父親近，因此選中由我貢獻毛皮，著實感到榮幸。對於沒經驗的我，失去毛皮不是重點，重點如何做到落落大方，使家族滿意。

喪禮上我表現極致莊重尊嚴、感懷又不濫情。很多家長把那場喪禮當成典範，要求所有的年輕人以此效法。

可是當守喪結束，回到現實，我才深深體驗失去毛皮的痛苦。

雖然穿著衣服，卻赤裸裸被周圍所有的生物視姦：鎖骨、肩胛骨、脊椎、肋骨、頭骨⋯甚至連製造紅血球的海綿骨，都被看透的一清二楚。有時我甚至懷疑，該不會所有的物種，都透視我的大腦，看穿我所有醜陋、邪惡、愚笨和自私的念頭；就只因為沒了毛皮。

這時我更想念，因為失態而被人遺忘的初蕊。

好久沒見著她了！我不停在草原上來回狂奔，邊跑邊喊著初蕊的名。

風吹亂了呼喚，足跡錯落在山村的各個草原、森林、直到懸崖石壁的角落。最後，我終於在翹翹板墓地中，一座曾被雷擊中的腐朽翹翹板旁，看見「全身赤裸」、蓬頭垢面、渾身發抖的初蕊。

天啊！我不曾見過她如此狼狽、如此脆弱、如此心碎的模樣。

我衝上前，抓住她的肩膀：「初蕊？你怎麼了？你還認得我嗎？」

「呵呵……是藏芽……」，她眼神渙散的撇了我一眼，然後繼續呵呵怪笑著：「怎麼你也變得光溜溜的？」

雖被說中痛處，但眼前的初蕊實在太過悽慘，讓我沒法在意自身的難過。

「難道，你的毛皮也被奪走了嗎？」她伸手，將帶著泥沙卻依舊柔滑的掌心貼在我的臉頰上。

「初蕊……」我小心翼翼的捧著她的手。她手上的泥沙，被我無聲的眼淚，沖刷出幾道白皙小徑。

「乖，不要哭。我會陪你的。」初蕊即便在半瘋狂的狀態，還是像在哄孩子般，溫柔撫摸著我的頭髮。

我忍不住緊緊抱住她。

不論失去什麼是一種痛，但同樣都是毛皮被奪去，就讓我一個人承擔兩人的痛吧！

「初蕊！你知道嗎？……」

我族崇拜情感內斂，即使雙方有意，通常也只是默默的一起行動，鮮少有人說出口。

「我愛你。」眼淚湧得更凶了，我從來不曉得原來自己會這樣哭：「我實在是不願看到你受苦。我們一起去拿回自己的毛皮吧！」

我們一向懂事乖巧，就算惡作劇也是無傷大雅。為什麼會吐出這種話語，我實在是不了解，只能說是氛圍罷。

不用細節，熟知彼此的倆，在黑夜中僅是靜默的互視數秒，即閃爍出達成共識的光芒。

同期中，被貴族、長輩、家老們最看好的，就是我與初蕊。不論是天文地理、人文風水、歷史科學等學識，乃至武術、道術、話術與詐術，就以我們兩個人最為突出。

當年指導的家老們，常常一邊撫鬚，一邊笑著說，等到年齡更成熟，對人處事更沉穩，我們一定會一起被升上貴族的地位。「真可惜了！要是你們能有孩子，肯定是我族最完美的後代啊！」

現在，我們曾經風雲一時的傑出人物，趁著夜黑風高，偕同企圖闖入祖先們安息之地。

祖靈安葬之處，除了天然屏障，還被許多咒和機關包圍，為的是防止外族入侵時，破壞了安息之地。除了族裡的少數貴族，就連長輩或家老都不知道如何安穩的進入此處。

初蕊與我，不知是有天佑，或真的太過聰明。雖然擦傷什麼的在所不免，但卻順利到達了葬身之門。

葬身之門是鑲在地面上的門，它通往地底的祖靈墓穴。祖靈墓穴既深且長，不分男女老幼或身分尊卑，完全依照死亡順序，一直一直往更深處埋葬下去。

好不容易到達門口，初蕊的神態已恢復往常的自信與堅定。

她站在我前方，回頭對我說：「謝謝你，藏芽。我沒有你的勇氣。剛失去毛皮就冷靜思考。即便知道自己如何渴慕毛皮，卻被道德束縛，才導致這種失態。」

不知為何，她在說這話時，身體好似發出微光，那是種頓悟瞬間才會顯現的皎潔之光。

「不論最後到底有沒有拿回毛皮，我們至少已經努力過了。」

就在她說完的同時，她將手放在門上。也幾乎就是在那個瞬間，葬身之門突然冒出許多繩索，緊緊纏繞，初蕊整個人被綁死在巨大的門板上。

我跪在旁邊，不停使用各種解咒，卻始終徒勞無功。

不消片刻四周出現許多族人，迅速地將我們團團圍住。

負責教導我們的家老走近，默然的說：「藏芽！初蕊！我對你們真是太失望了！對於初蕊的不成熟，我們本來只是睜一眼閉一眼，沒想到你們會做出如此重大的錯誤！真是枉費了老師們的教誨！丟盡了你們兩家的臉！」

初蕊被十來位族人綁著抬了起來，我也被人粗魯的拉起，雙手反綁在背後。

「難道你們不知道，『葬身之門』的命名，就是為了『葬身』而來？」平日和藹的家老，面露睥睨的望著我，對周圍的人說：「把這兩個叛徒綁回去，我們要用最嚴格的審訊來判這兩個蠢蛋！」

二、於是，來到這裡

「藏芽，你想知道怎麼得到另一件毛皮嗎？」當我從黑牢回到住所，智慧典雅的祖母，馬上召開家族會議。她年輕時也捐獻了自己的毛皮，但她是少數找回毛皮的女性。

「……」我羞愧的無法抬頭，也沒辦法回答這個問題。使家人蒙羞，祖母還如此重視我的想法，讓我無地自容。

「你做了一次很大膽的嘗試，不過終究是失敗了。」祖母垂眉，語調無波瀾的訴說著事實：「這是很好的一課，你可以從自己的莽撞和失去理智，學習到有勇無謀的愚蠢。就算沒有智慧，長這麼大，至少也要知道尋求長輩的意見。」

「真、真的很抱歉，讓您失望了。」我將頭緊緊貼在地上，全身僵硬打顫。

父親、母親、手足們……家族中所有成員，大氣不吭、屏息的看著一切。

祖母緩緩的嘆了一口氣，頓了好一會，才說：「藏芽，我並沒有失望。」

那語調我猜不透她是一開始就不抱持期待，還是打算寬恕。

「我族捐獻出毛皮後，一直保持赤裸也大有人在。但為了懲戒和警示，你必須為自己的行為負責。到人類居住的地方，斷離與同族的關係，用自己所有的辦法，找回失落在人界的同族毛皮。

等到你尋回，家門永遠為你敞開。」

聽到要去人界，周圍許多人倒吸一口氣。一旁的母親忍不住出聲阻止：「難道您要藏芽去找的，是探詢者掉在人界的毛皮嗎？！我只有這個孩子，還請您老人家……」

我族探詢者，遊走於不同世界，有時不小心受傷死在人間界。不過得到我族毛皮的人類，可以得到毛皮上的能力，獲得極大好處，因此只有少數橫死於外的探詢者遺體，能夠被帶回我族。

祖母轉向母親：「女兒啊，藏芽連葬身之門都敢闖，你還看不透這孩子的覺悟嗎？」

「可我們是貴族啊！怎麼可以跟那些下賤者相提並論？！」母親繼續哀求道：「到那麼骯髒的地方，去找那麼不堪的毛皮，那我寧可我們家的藏芽赤裸著！」

祖母搖搖頭說：「雖然我們是貴族，但探詢者終究也算我族類。就算藏芽去找他們的毛皮，也不代表藏芽就會變成下賤的探詢者。孩子不僅心理上想要證明自己、想要學會怎麼保護自己、同時也長了捍衛族人的野性。我族的業，對於生命上的執念，就是竭盡所能的掠取和保全自己的毛皮！你沒經歷過捐獻是無法理解這種本能衝動的。」

母親撇下臉，頭轉入陰影。

祖母從脖子上取下墜子，走近，將紫晶石掛於我的項上：「好孩子，學習的目的就是要了解自己。為了成長，我送我的祝福予你，准許並命令你離開這。到人界去。」

於是，我來到一間群山環繞、視野遼闊、步調悠閒的山城。

祖母從她祖母那繼承侍奉月神的方法，因此能夠探測遺落在人界的物品大致方向。祖母送予我的祝福，就是降落在毛皮附近的地點。

唯一無法理解的，就是為何祖母將紫晶項鍊交給我。

這是一顆強大的石頭，它可以幫助我族的民，完成任何一件無理的祈求。但一旦達成，它就會奪去我族身上的咒，使我們化為自然，再也回不到族人身邊。

如此強大又危險的紫晶，祖母是從不離身。家族為了防止外族入侵強奪此石，每晚還固定排班守夜。光我就打退三十回以上入侵者。

為了能早日回去，我撇開想不透的事，躲在暗處，偷偷觀察著這人類小鎮。三小時剛過，我就清楚摸透人類的行為模式。這裡的人們樂天、崇信自然、一派悠閒，穿著食宿也都相當純樸。

我隨意拍兩下手，身上就多了與一般人類無異的相仿打扮。人類沒有我族的術，無法看穿假象，在這裡行動，我反而有種安全感。

沒有任何線索，穿著人類服裝的我，帶著初遊他鄉的興奮，乘風而翔。

這區景緻，遙側如畫、近處如詩，溶在風裡可以沐浴那無數森林的嘆息。

順風而上，來到一處羊蹄甲盛開的道。淡粉嫩香氣，悠然兩側，嬌柔帶著秀氣。這花開的枝條洶湧，令人憶起初蕊的荷葉裙襬。

我決定暫居於此，躲在線索資訊最多的藏書閣。

接著幾天，累了就在山野溜搭，平日就躲在書庫裡啃著各式資料，企圖透過文字書卷，找到一丁點兒關於毛皮的線索。

想要早日找到探詢者的毛皮，就必須要先了解探詢者。

探詢者是我族市井小民的菁英；與正規訓練者唯一不同，就是家世背景。能受到家老們親自指導的年輕人，全是歷代顯赫的大家；探詢者們則是俘虜或犯罪者的後裔，想要翻身是他們最大的夢想。即使不能接受正統訓練，他們也會在二流市場學習符合自己才能的術。等到小有成就，便往外世界發展，只要找尋到特定寶物或情報，就有機會擺脫卑下的身世。

像這類型的傢伙，就算硬的武術不靈光；隱藏氣息、躲避追捕，可比一般大家族的新進厲害很多。

「用我的術，應該沒辦法破解這傢伙的消除咒。」我闔上第一百三十九本書，有點沮喪的想著：「連法術殘留的味道都被隱藏得妥妥貼貼，就算放出搜尋術，恐怕也只是浪費體力。」

祖母送我到這區域，恐怕也不是要自己埋頭苦讀。放棄成堆的報紙微縮、雜誌、史地書冊、其中還夾雜著一些小說故事，我伸著懶腰，無聊地東張西瞧。

這裡的藏書閣，中式禪風格調，木雕刻花的桌椅、借書的機器、出口處還書、二樓以上就沒有空調。寂的連螢光筆畫線都像是坦克車隆隆輾過，沒有二十四小時的自修室，只有八點半開館和九點閉館的公告。偌大建築，人數寂寥，整棟廣播小貓集合，怎麼報數恐怕也只到二十七。

正打算離開，突然發現一個好玩的人影。

「欸……是昨天的那個人兒呢。」我忍不住自語道。

那是個容易讓人忽視，發現後卻又忍不住盯著看的傢伙。這個月來，幾乎每兩三天，就會發現這傢伙跑來借書的身影。

這傢伙選書的方式很有趣。

只見那白皙秀氣的指尖，滑過一本又一本的書背。

看著這光景，腦中莫名冒出：「這些書說不定被撫摸得很舒服？……真蠢，這是什麼鬼想法。」

仔細觀察，他自始自終都沒睜眼。書背一本本摸過，連書名也不看，隨手就抓起四五本書。

「是個靠觸感選書的人類呢？或許我應該研究一下，感官學習有沒有包含觸覺這種型式？這又不是點字書。」

我好玩的看著這傢伙，直到對方將魔爪伸向我一直找不著的兩個祖國（山崎豐子）中、下兩集。

是說，就算工作也不忘娛樂，要不然腦袋會燒壞的；再來就是圖書館的書，為啥不乖乖的放在一起?資料庫搜尋明明就在館內，連著好幾天卻只看到上集。

「嘿!等等，我說朋友，這兩本書是我要先看的。」

這傢伙嚇了好大一跳，全身震了一下，手中還兀自抓著我的目標。

「抱歉，我不知道這書有人預約。」很中性但聽起來相當舒服的聲音，硬要描述，大概就像在家鄉聽到秋高氣爽微涼清澈的風聲。

「笨蛋，放在架的書哪是有人預約?誰都可以看。」

「呃……」

「只是這故事得上冊在我那裡啊!藏書閣開放的第一天我就來借了，又沒別人預約上冊，也就是說你還沒看過第一集!」

「唔，好像是吧?」

「山崎豐子可是大師呢!怎麼可以跳集看呢?太不像樣了。」

「所以……?」對方露出似笑非笑的表情。嗚!真是可愛的表情，令我忍不住想要捉弄一下這樣單純的人。

「所以，乖乖把這兩本書交出來，等我看完，我可以考慮先把上冊借你。」

「這裡是藏書閣呢?或許我就硬要霸占中下兩集，等著別人還回來的時候，一口氣看完?」

「噗，我相信你不會的。」

「？」

「從一開始，你就是閉著眼睛再抓書的嘛！沒有必要這麼執著在沒有開頭的故事上。」

「？！」對方的臉突然紅了起來：「你是從啥時就站在那的啊？」

「噢，大概從你抓了：31歲又怎樣（山本文緒）和家鴨與野鴨的投幣式寄物櫃（伊坂幸太郎），猶豫著幾度放下嫌疑犯X的獻身（東野圭吾）……」

「……那根本就是打從一開始就……」

「嗯，大概吧？因為我覺得你挑書的方式很有趣。」

對方苦惱了一陣，最後把書塞過來，抓住我的手說：「好吧，書可以先讓給你，不過你要幫我一個忙。」

我族不常有肢體接觸，初次見面就抓著對方的手更是不可能。

剛才拂過書背的手指，現在緊握著我的手，讓我回想起找到初蕊時，她也是這樣抓著我的手。

對這種突兀，我愣了幾秒才說道：「這也公平，你想要我幫什麼？」

雖然我不喜歡多管閒事。

「跟我來。」

於是我跟著這傢伙離開藏書閣。

我們來到一處草原。草原錯落著山野櫻，只怕冬末春初時節會紛紅遍野。待四下無人處，這傢伙停了下來，隨性席地而坐，我也跟著盤腿坐在旁邊。

「所以你想要我幫你什麼忙？」

「我們都不是這裡的人，所以我就直接說了。」

聽他這麼一說，我突然一陣冷，感覺手臂上起了雞皮疙瘩。對方知道我不是人，我卻始終以為這傢伙是人類。

「你是來這裡尋找毛皮的？」

「你怎麼知道？」

「因為你光溜溜的。」

我臉上倏地一陣熱紅。原來在這傢伙的眼中，我衣不蔽體。想到此處，我不禁拉了拉用咒做成的人類服飾。

「別擔心，我是很有君子風度的，不會趁機偷看。」對方發現我的不安，馬上接著說。

「你應該一開始就告訴我，怎麼讓我跟你說了這麼久的話？這樣哪叫做有君子風度。」

「這樣啊……倒是我失禮了。」對方脫下自己的外套，交給我：「這是我族的衣服，雖然及不上你們的毛皮，不過至少可以遮蔽視線。」

祖母有說過要與族人斷絕聯絡，但可沒說遇到其他種族該怎麼辦。於是我接下外套，穿在身上。

「你們的種族，怎麼老是把失去毛皮的族人趕來人界？上次我也遇到一個，他也是來找毛皮的。」

我一聽大吃一驚，原來線索不在書裡，而是在藏書閣裡面的物種中。難怪祖母會把我丟在這個小鎮，她老人家本就知道我喜歡蒐集文字資訊。

「那你知道我族族人現在在哪裡嗎？」這個區塊可沒有感受到我族人的術。

「嗯，我知道。你的族人很不幸的過世。被山裡的某種生物吃掉了。」他一口氣也沒停的說完，接著又說：「他有找到毛皮，而且我還知道在哪兒。」

「！！」得來全不費工夫，耗了好些天。原來這裡不只有線索，連毛皮的位置都知道的一清二楚。「在哪裡？你願意告訴我嗎？」

「哈哈。你還可真是個貪心的傢伙，你又不是不知道你們族人的毛皮可是非常貴重的。跟我搶書就算了，還要我把毛皮雙手奉上？」他爽朗的笑了起來，使得本來就陽光的外表，顯得更加迷人。

「這倒也是。看來你想要叫我幫的忙，很困難吧？要不然怎麼又是書、又是毛皮得一直在釣我。」

「我最喜歡聰明的傢伙。看起來你比上一個懂事。看你的項鍊，你應該是你們族裡的貴族後代吧？」

「你知道這個項鍊？」我把紫晶石握在手中把玩。

「不知道，不過上面有很強烈的咒。再加上它的雕工精緻，看起來就是貴族的配飾。」

「原來如此。」我也不打算多做解釋，寶物是越少人了解越好：「所以你到底想要叫我幫你什麼忙？」

這傢伙瞇起眼睛，抓了抓頭髮，有點為難的說：「這真的不是一件好差事。不過你幫我辦成，我不只雙手把你的毛皮奉上，還可以幫你開回族的門。」

「你是引路人嗎？！」

引路人是打開各族通道的族類，喜歡到處旅行，是個族群稀少且居無定所的民族。

「哈哈。」對方乾笑了幾聲，無奈的說：「我是雜種。不能自稱是引路人，不過只是開各種族回程的門，還不成問題。」

我還沒蠢到直接問身家背景，聽對方這麼說，我也就識相的不再追問細節。

這傢伙頓了會：「你真的很聰明，連踩煞車的時機點都抓得剛剛好。」

「我一向只聽任務內容，不會去追問背景。知難行易，有些事情還是不知道比較好做事。」

「這樣最好。」

我很訝異的發現，這傢伙居然從口袋裡面拿出香菸點燃。不論哪個種族，都會盡量避免染異鄉的味道，要不然回到故鄉時，很容易不小心被誤認為是敵人。

「我喜歡聰明的人。我想要請你，沿著山路一直向前約三十公里左右，會到達一個涉水步道。到達那裡之後，請你把這個帶到水的源頭，然後把它打破。」

是黑髮晶！我心中一震。黑髮晶同黑碧璽，用在吸災防禍、鎮煞擋邪，屬強效的晶石。「這晶塊已經使用過了；裡面附著很強烈的思念。」

「哈哈，你不僅聰明，而且還很會說話。很強烈根本就是美化了吧？」對方又苦笑了一下：「其實你可以直接說，這裡頭吸附很兇殘的念。」

「這念是在那河源頭吸取的嗎？」

「可以算是。」

這麼一來，只要打破這晶石，賦予這念的生物即刻便會出現吧……

我話都還沒說，對方就接著說：「我希望你可以對那生物說：『放棄吧。不用再等待了。』」

我望著手中沉甸甸的球狀黑色晶石。「能將念結固到如此深邃，已經不是思念，而是執著了。」

「沒錯，你曾經對什麼東西執著過嗎？」

「……」我不想回答，執著的事物，就是窮盡一切也要捍衛和守護，是極致的珍寶，是生存的信念。

對方很有耐心的等著，所以我只好回答：「不多。」

「我還寧可每個人對多點東西執著。」

「那你就不了解執著的定義是什麼了。」

「不……，就是因為知道，所以才會這麼希望著呢。」對方又恢復到溫文儒雅的模樣，眼神很真誠的直視我。

不知為何，我忍不住將眼神移開。

「我會幫你把這句話傳到。你還有什麼要交代的嗎？」

「沒有了。等到你回來，我會把說好的東西準備妥當。」

主動將契約的條件和酬勞說明，就是物種間的簽訂模式。我們不需要簽名或白紙黑字，只要雙方開口說了，就絕對有效。

看著對方的笑容，我思考了一會，然後說：「我會在砸碎這晶石的瞬間，將契約符文放出。到時候不論我有沒有辦法回到這裡，都請你幫我把毛皮帶回我族。」

「嘿！」對方吹了一聲口哨：「讓我在一天之內誇獎聰明這麼多次的傢伙，可是真的很少見。」

「你沒說我上一個族人的下落，就是因為他被那個『生物』吃了吧。」

「我會依照你跟我的契約，將你應得的毛皮送回你的部落。」

對方沒有承認也沒有否認。

「你用這個方法拐了多少我的族人？」

「我常備各族的寶物。總是會有人願意來幫忙的。所以你也不用擔心我會食言，雖然我是雜種，但我一向最看重承諾。」

「承諾啊……」我淺淺一笑：「那不也是一種執著嗎？」

「嘿！你笑起來還滿好看的。」對方也掛起微笑：「其實你也不用太擔心。我會在收到你的符文之後，等你三天。依你這麼聰明，我看想死也沒這麼容易。」

「哈，多謝你如此看好我。如果收到符文三天後，我沒有回來的話，請你把那毛皮交給我族的人。」

很小聲的我補了一句：「請交給初蕊。」

三、然後，森林小徑

即便知道目的地，沒走過的路走起來總會有非長遠的錯覺。

還記得小時候，我和初蕊曾一起離家出走。那時我們打算離開部落，到別的族探險。明明已經查好路線，但是兩個人卻還是走到迷路。被家長帶回家後，各吃了一頓板子。長大之後，我倆又被派去相同地點出任務，才發現原來當年走的路沒走錯，錯在我們只不過五公里的路程，卻以為已經走了十五公里。

「嘿！我居然也接這種來路不明的工作。」我自嘲了一下。

我族靠接任務為生，因此從小就被灌輸，接任務一定要確定三件事：「內容、契約賞罰、雙方姓名」。

這次的工作，我不知道對方的名字，對方也不知道我的。我們各自看著自己的利益，也沒有說背信者會遭到什麼懲罰。

「利益薰心，連根本都忘了。要是祖母或初蕊知道我這麼隨便，肯定又是笑著搖頭了吧？」

對方要求我從藏書閣開始，就不可以使用任何咒術，只能靠人類的器具到達目的地。說是任務內容的生物，對咒非常敏感，所以要以最天然的方式靠近。

我嘗試了人類的二輪交通工具。雖然四輪的似乎更快，但我還是喜歡臉頰接觸到風的感覺。好不容易來到指定的涉水步道，捨了交通工具，一腳踩進冰涼的河水。

「好舒服的地方！」我伸了伸懶腰。

樹蔭錯落，陽光飄散在粼粼水流，反射無數的光點。

溯溪逆流而上，小溪淙淙，雖然河石難免犯滑，不過既然知道目的地，就算跌倒也只是小事。那傢伙還算好心，沒有把他的外套要回去。

談話過程中，我察覺這傢伙的矛盾心態。

明明是如此小心翼翼的捧著這顆黑髮晶球，但卻找個不相干的人來傳遞這麼重要的訊息。

「是男人的話，就該面對面的好好與對方說清楚嘛！」不知為什麼，獨處時我反而很習慣把想法自顧自的大說出來。

就連要跟陌生人索求信物都忘了，但即便臉上掛著從容不迫的微笑，直視著我的眼神卻那麼憂鬱——憂鬱到連心臟都會被愁苦腐蝕。

「自以為隱藏得很好嗎？」

小溪突然變成小瀑布。不使用咒有點困難攀爬，不過對我而言勉強還可算小菜一疊。

「是我族的術比較強，所以才看破對方的偽裝嗎？」能劇笑面的偽裝。

一條小魚順著水流掉了下來，在我右邊肩膀上跳了一下，接著墜入瀑布水淹瀰漫處。

「還是因為把外套借給我的緣故？」

攀過最後一塊岩石，來到水源的發祥地。

我挑了一塊河水流動緩慢的沙洲上坐了下來。

周圍環繞生意盎然的森林，枝枒就著小河上方亦開成一彎晴空河道。

我在沙洲上端坐，釋放折返符文後，深吸一口氣，閉上眼。

前方小溪流動潺潺、後方蟲鳴唧唧、空中偶間飛翔鳥鳴啁啾；我靜下來凝神細聽，靜了幾秒；

風從枝葉間隙躡足而近。

風聲抵達河邊之際，我將手中的黑髮晶用力摔破在小溪中央。

霎時飛砂走石，刷刷刷地，黑暗從河床底部竄發出了，兇猛的吞食了先前的寧靜明朗，那狠勁伴隨著風被爪子撕咬的哀鳴。

我持續端坐著，擺出平心靜氣的氣度，容納這一切山河劇變。接下來就是心理戰，再怎麼驚訝也不能顯行於色。

待塵埃落定，黑暗占領了先前的世界。

靜謐的：安靜又神祕的，我繼續坐著等待。

正當我屏息警戒到最高點時，河水中央發生改變；先是一顆巨大的氣泡從河底升至河面，發出咕咚得一聲，接著是連續兩顆、三顆……

有什麼從河底向上而來。

是一雙眼睛。

當一團黑影突破水面，我依舊看不清來者何物，只看到黑色的生物輪廓，和黑白分明的眼珠。

不知為何？世上各式各樣的生物，從體型大小到形狀樣貌都會有所出入，但就只有智慧物種的眼，永遠都是黑白分明。

那黑白清晰分明到令人發毛的眼睛，從河水深處緊盯著我。

當眼出現的同時，周圍的氣氛濃稠黝黑到心窩發軟。

河面不知何時，隨著巨眼突出而靜了下來。

那團黑影持續從黑暗底部石階而上，越接近河面越靠近沙洲，越靠近沙洲、體態也就越大，當黑影來到我前方，高度足足超過兩層樓。

黑影頸部過度拉長且扭曲，以正常生物不可能呈現的角度，低頭緊盯著我。

高手過招，兩方總僵持不願出手。

過了一世紀的長度，黑影終於說話了。

「不是虛偽的傢伙？」黑影的聲音濁濃嘶啞，它將巨大的眼湊近，用巨人觀察螞蟻的角度審視著我。「你……是誰？是什麼……東西？為什麼……有河裡的……鑰匙？」那口氣斷斷續續，彷彿光是說話就要耗盡它的氧氣。

儘管緊張到足以令我立刻昏倒的揪心程度，我臉上依舊保持著平淡的微笑：「我擔任持有此物者之傳音者。」

「憑你？」黑影突然站直，哈哈哈的狂笑起來，那笑聲宏亮到水面震出水花。

我竭盡所能的保持平靜等待。

它笑完，猛然低頭，臉高速出現在我面前。

光是一顆頭，就比我高大好幾倍。

它衝著我咧嘴而笑，用著危險輕浮的語調問：「害怕嗎？……害怕我嗎？」

它每說一個字，嘴裡吐出的氣息就足以刮起一陣颶風。

我用盡最後的力氣，堅持著笑容，眼睛對著眼睛，死盯盯著巨大黑白眼不放：「一點也不。」

我們在玩眼神的角力，很多小孩子常這麼玩著。誰先眨眼、誰先轉移視線，誰就輸了。

以前常跟初蕊玩的遊戲。我從來沒有贏過，因為我最喜歡她贏了之後，笑著拉著我的手，說她知道我都讓著她，說要一輩子跟我在一起，說要當永生永世的知音死黨。

究竟是從什麼時候開始的呢？明明本來只是一起行動受訓的同伴。從什麼時候開始我都忍不住讓著她？

黑影眼神飄了開來，瞳孔滴溜溜的轉了一圈，發出一個像是捏破泡泡紙的聲音，波的一聲，黑影轉成一個跟我差不多身高，約莫二十初頭的年輕黑髮東方男子模樣。

「真可惜。」變成正常大小的年輕男子，語調不再僵硬，且速度也快上許多。

他浮在離水面不遠空中，彷彿水的浮力在河面上空持續作用著，雙腳自然垂落，水滴從趾間滴落，在水上形成安靜的餘波。

「要是你回答害怕……」他飄近，慢慢降落在我的前方：「我原本打算一口把你**吃掉**的……」

「您真不幽默。」我暗中將掌心的冷汗擦在自己的袖子上。

「吃東西有什麼好幽默的？」

「您一向把傳音者吃掉嗎？」

「沒料的、膽怯的、不配當傳音者。」

「原來您是個嚴格的人。」

「我不是人。你不怕我。我便告訴你，我是河童。」

真不想承認，我瞬間往對方的頭頂看了一眼。

明明就是茂密的黑色直髮，而且比一般男孩還長，有點像女孩的清湯掛麵直短髮。

「我也不是人。」

「真可惜，我沒吃到。」

對方面無表情的看著我，彷彿我本就是個會說話的牛排。

「陰險的傢伙說了什麼？」

「『放棄吧。不用再等待了。』」我深吸了一口氣，平和緩慢的說了出來。

對方聽完，好一會兒都沒有任何動作。

「不用等了？叫我放棄？」河童如此呢喃著。

我依舊坐著沒有移動，這時機點時絕對不能有任何多餘的動作。

「不用等了？不用？花了這麼多時間？居然……居然……這麼多時間……」低喃漸漸轉成低吼：「世界上沒有任何東西可以叫我放棄。不放棄，絕對不！」

河童越說越憤怒，頭頂真得冒出白煙，煙霧裊繞遮蔽所有視線。聽說河童頭上有個圓盤，圓盤裡面裝著河水，如果河水乾涸，河童就會虛弱至死。這煙該不會是河童頭上圓盤蒸發的？我可不知道河童生氣時，頭上的水會被蒸發。明明是好笑的畫面，但我卻寒毛直豎，連表情都做不出來。

「你知道那險惡的傢伙是怎麼對我們的嗎？」河童氣瘋了，對著我大聲咆哮：「當年，是他親自將妹妹交給我的！結果卻在我太太即將臨盆的晚上，奪去她的性命。」

我聽到這個消息，忍不住倒吸一口氣。

「你總算還有點良心。」河童瞇起雙眼，緊盯著我：「我還道你打算從頭到尾都保持著傳音者的表情。」

「我不清楚你們之間的糾葛。」

雖飄浮半空中，但河童卻坐了下來，彷彿空氣中存在著一張椅子。

「太太的母家，有不成文的規矩，凡是雜交而生的後裔，除了手足之外，不得嫁娶外人。」各族有不同婚姻觀，我族除異性聯姻外，也有同性、一夫一妻、一妻多夫、一夫多妻、甚至多夫多妻的規矩。聽聞非得是手足才能結婚，也不覺得特別。

「多少心思？多少等待？最後是那傢伙點頭答應的啊……」河童的目光注視著消逝的過往，既是撲朔又是迷離；水滴劃過偌沉的黑，平靜的河面泛起一陣漣漪。

那陣漣漪漾到河畔，我忍不住瞧著，看到一些影子：

貌似十歲初的河童，摀著頭上的盤，藏身在河畔的蘆葦叢中，瑟瑟發抖。

遠遠奔來幾個髮髻束獵裝的人，在河邊搜尋著。

就在快發現河童藏身處，一位金色柔軟捲髮的美女策馬而至。她翩然一翻，輕巧躍下馬鞍，先前搜尋的人，聚上去跪下。

接著又來了另一人，定眼一看，正是在圖書館遇到的男子，不過打扮比現今富麗風流許多。

女子微笑如春，迎上前，從懷中掏出手帕，溫柔的擦著男子的額頭。不知道他們討論了什麼，男子招呼一聲，大夥人鬧哄哄離去。待眾人離得遠，女子望向河童藏身處，露出溫婉卻又抱歉的微笑，欠了欠身，才又翩然上馬，隨著離開。

影像轉到一道森嚴的白牆邊，剛開始河童似乎是透過牆上的細縫，藏了信，金髮女子取了又在原處回信。

折返了好些日子，河童在牆外，常常看見男子與女子親密愛慕的畫面。河童明白，她愛著男子，男子也愛著她；但她對牆裡的生活受禁，想離開，所以也才愛著自己。

每每當她望著牆外的大樹嫣然而笑，儘管知道對方看不見，河童還是臉紅到頭頂冒煙……

「我不！沒什麼好談。」河童的神眸拉回，再度望著盤坐在地上的我。少了肅殺之氣，但卻堅定：「我族向來不吃傳音者，即使遇到再不合理的對待。你是傳訊者，回去告訴那個邪魅的傢伙；就說：『河族永遠在河邊待著孩子回歸。』」

四、終究，擇道而衷

異界與人間時空落差；藏書閣小徑上的羊蹄甲消逝，取而代之的是白勝雪，盛開的洶湧白梅。梅香招惹群蜂，庸庸碌碌的採收著花蜜，再忙不過也只是為了生活。

看我回來，那傢伙表情先是詫異，然後露出笑容。

「沒想到真有人能活著回來。」

「難不成你打算賴了我們的約定？」

「不，你是個聰明的傢伙，要你過年還不回來，我打算親自把你應得的毛皮親自送到初蕊手上；就算你們族裡已沒這號人物，我向來說到做到。」

「你已經知道了？」

「我想你應該有話要回傳吧？」那傢伙沒正面回答我的問題，反問道。

「我該稱呼對方為河童先生？還是該稱呼為你的妹婿？」我無法忘記河童對女孩的癡情，也無法忘懷女孩對河童燦爛的笑顏。

「看來你知道的比我預期的多。」

「我覺得……，不論如何，至少你應該要把孩子還給他們。」

「對方說了什麼？」

「『河族永遠在河邊待著孩子回歸。』」

「這樣啊……，看來他真的不死心呢。」

「我不知道為何你要殺了你的妹妹，但孩子終究是無辜的。」

「我不能不。」

一向保持微笑的傢伙，臉上閃過一絲哀傷；那混雜著不捨、背叛、壓抑、憤怒……世界上再也沒有比那神情更適合表現愧疚感。

「因為你們破戒了對嗎？」我一字一句緩緩的問。

對方嚇了一跳，然後跌坐在牆角，手掩著半張臉，哀傷的大笑起來：「你真是聰明，不枉費你家族人對你的厚望。但到底是我破戒？還是她破了戒？」

「你的愛雖隨人離去，但你如此重諾，不可能因這理由殺掉愛人。」

「沒錯。我錯了。我跟你一樣都錯了。古老傳說有其意義，年輕人因為時過境遷，往往忘了重要的古訓。」

他遮掩的手下流下一道淚痕，但顯示於外的臉，卻還撐強的掛著苦笑：「為什麼與我族通婚而產之雜種，只能與手足聯姻？為什麼我不忍看著自己的妹妹每晚望著牆外的月？為什麼我最後放下曾經擁有著、好好的、擁抱著、那溫暖的真實溫度？」

對方一直偽裝著情緒，如今卻赤裸裸的；我在想，該不會是因為他把外套給我的原故？

他繼續道：「因為我實在是愛她；愛的不得了，捨不得她嘆一口氣。所以知道在外也有人愛著她，她又如此渴望求去，所以我就讓她走了。但我明明有告誡，無論如何，絕對不可以生下孩子。明明就說過絕對不可以的啊！」

他一時激動到說不下去，愣了半晌，才又低聲說道：「我族的雜種，如果不與雜種結合，中和血統，則一定是誕下『混沌』。如『混沌』只衝著我或我妹，那也罷，只能說當初我任她離去，就已經有覺悟。但這『混沌』不只衝著我們兄妹，還包含整個族、整個界、甚至更多。」

我看著這傢伙的哀傷，想起河裡的畫面還有後續。那後續我無法說出口，但也沒法質疑眼前這男子為何要用那般兇殘的手段斬殺自己的手足。

畫面末了，河童和金髮女子一直在逃跑，一直跑、一直跑。就像傳統電影，女子冷不防的跌了一跤，河童衝回去正想扶起她，卻發現他只扶到她的手。

沒錯，該怎麼說呢？就是只扶到**她的手**。

背後有人追了上來，重重砍了兩刀。

兩刀砍斷鎖骨、肩胛骨和下方的肋骨，導致軀幹部分還黏接著殘破的肉塊骨頭，但整個人卻像冰棒棍，誇張下垂的手臂，整個女孩像染了血的花，花還綻的異常大朵嬌豔。

「河童終究還是逃了；雖然我族把他監禁，不過既然妹妹已死，就算囚著也沒有什麼意義。我們是故意讓他離開的。但沒想到後來他卻故意斷了我族在異界的水源，導致族人流離失所。什麼等待孩子回去？連我妹我都保不住，怎麼可能還保的住那孩子？更何況那本來就是被殺的緣由。真是愚蠢斃了。」

在河畔哭泣的，和在山中哭泣的；兩個都不再是種族的領導者、不是男人，而是兩個大男孩。

「你很難過嗎？」我輕聲問。

「廢話！」這傢伙大吼一聲，然後把自己的頭埋在膝蓋上，極盡所能的將自己圈成一團：「要是……要是可以的話……誰會希望是這樣的結局？我多希望她可以得到幸福？就算她跟著他也好⋯⋯」

隔著衣服，我緊緊的抓著脖子上的紫晶石。不知道為什麼，我非常想要幫助他們。但是使用這個紫晶石有其觸發條件。

我深深的吸了一口氣，再緩緩得吐出。

眼前的男孩依舊縮成一團，不住抽搭著。

「嘿！相逢即是有緣。我想要問你一句，思念雖然屬於生者與逝者，可是能夠改變現況的唯有生者。假如今天可以改善，你最希望可以改變什麼？」

「我不知道。我不奢求河童了解我們的苦衷，也不期待他願意原諒我。但我希望，我妹妹至少是願意原諒我的。」

「真是可愛的傢伙！你不知道，假如連你妹妹都能原諒你了，那她的先生還有什麼好說？」

我笑著，啟動紫晶石裡面的咒。

紫晶石，原本就是用來催化原諒的。憎恨著也是能量，原諒了也是能量。以物易物，兩者不過是交換罷了。太多人搞錯了這紫晶石的咒，以為只要得到就可以實現願望。但世界上哪有比解開愧疚更美的禮物？

從紫晶石中竄出許多紫煙，逐漸覆蓋我所有視線。煙霧間，我依稀聽到驚呼聲；這紫煙淡然檀香帶著麝香，有點像是白麝的味道呢⋯⋯，迷濛間，很是好聞。

閉上眼，我又看到那條走廊。

出事被抓的那夜，漫長到令人窒息。

我們被押回族裡最大的審訊所。審訊所是暗沉且昏黃，戒備森嚴的大宅。

我與初蕊兩個人雖坐在一起，但雙手都被反綁、眼睛和嘴都被蒙著布條。

「起來！」我聽到看守者粗魯的拉起初蕊，以及她吃痛得悶哼聲。

「自己選吧！」

然後就只聽得她與他們遠去的聲音。

隔了好半晌，守衛們回來，一把扯開我眼睛上的布條。他們手上的火把，亮熀的讓我眼睛瞇成一條線。

守衛長走了過來，慢條斯理的看著我，然後說：「族長們念在你們是初犯，所以讓你們自己選擇要往哪裡走。」

待眼睛適應光線之後，我發現前方是一條很深很深的走道。

守衛長繼續說：「這條走道到底，你可以選擇要往左還是往右。其中一邊是死，一邊是活；但長老交代，只能告訴初蕊，但不能告訴你死活的方向。」

「是我教唆初蕊的，要死就讓我死！告訴我哪邊是死！」

「年輕人就是笨。族長又沒有說要讓你們兩個死，只是要你們選擇而已你這樣嚷嚷，只會讓兩個一起死得更快。家老們為了處理你們的事，已經連夜開了好幾個小時的會，你就別再節外生枝。」

「不論是死是活，我都要追隨她！」

「不論是死是活，你與初蕊這輩子是絕對不能再相見。今天不論你們是不是有離開這裡，你們身上都會被烙上咒；一旦兩人四目相對，就會同時暴斃而死。」守衛長示意兩旁的守衛強押著我往前。

我拖著沉重的腳步，慢慢走向長廊的盡頭。

盡頭是兩個岔路。

「初蕊是往左還是往右？」我試圖哀求。

「我們怎麼可能告訴你？」

「要是她死了，我也不想活了。」

「就算你活著出去，也不能再見到她。你管她是活還是死？快點選擇！」對方在我背上踢了一腳。

我不死心，藉著昏燈尋找初蕊留下來的任何印記。

「別再找了！就算有留著什麼，你覺得我們不會發現嗎？」其中一個守衛說。

另一個也接話：「況且，初蕊很乾脆的選了一邊，完全沒打算留給你什麼。」

「那你們乾脆把我打昏，隨便拖著我往左或往右算了！」我耍賴的坐在地板不肯起來。

守衛長從後頭而來：「藏芽不過爾爾，也沒有什麼了不起，為什麼長老們這麼看好你們？」

他拉了一下自己身上的毛皮：「連選擇都還需要代勞，根本就還只是個孩子！」

我氣極，最痛恨有人還把我當小鬼。一股腦兒的爬了起來，抬頭挺胸，傲然的盯著這幾人：

「我會記著你們每個人，等到找回毛皮，我會好好感謝你們今日對我的羞辱。」

守衛道：「失落的毛皮掉在哪，大夥心裡都有數。你若真的可以拿回來，我們自然會聽你差遣。」

「現在你還是乖乖的先選擇一邊吧，連能不能活著離開這裡都還不知道呢。」

守衛們發出一陣爆笑聲。

我將眼睛閉上，一咬牙，往下走了去。

之後，我就來到了這裡。

不管是河童還是藏書閣裡的傢伙，都是非親非故，不知為何，卻不忍看他們為了這種事情難過。**這種事**究竟是**什麼事**？事情究竟要到何種程度才算嚴重，我也說不上來，可能是因為自己真的還太年輕的緣故罷。

五、末了，春花秋月

我做了一個夢。

夢裡雖黑，但卻是紫霧瀰漫，只見兩個大男孩終於和好，一起來到我床邊。

「藏芽真是個亂來的傢伙。」原本狡猾的傢伙，現在臉上帶著真誠的笑容。

「其實我們都只是背負著血統族群的咒。」原本暴戾的傢伙，現在臉上掛著平靜。

「要是沒有藏芽幫忙吸收悲傷；我們是不可能平心靜氣溝通的。」

「這真的必須要歸功於這傳音者的功勞。」

雖然很想要說點什麼來拌嘴，但我真是累得很，連困惑自己為什麼會躺在床上的念頭都只是一閃而過。

「我們決定要幫你實現願望。」

「人死了終究不能復生，不過能解開仇恨終究還是好的。」

他們一左一右，站在我的床頭，開始詠唱起不知名的咒。

我感覺自己被一團白雲浮帶，輕飄飄的飛到一片熟悉卻喊不出地名的山坡。坡上原野無際，綠草如茵芳草萋萋。

我站在那兒，眺望著蒼穹萬里；一陣風吹來，我突然發現身上被空氣拂過的，不再是衣襬，而是我自己的毛皮。

沒錯，是我自己的；我不敢置信得撫摸著自己肩膀確認。

真的！千真萬確！

遠遠的，山坡上有一群什麼狂奔而來。

我定眼一看，發現領頭的是初蕊，背後還跟著好些當年一起上課的夥伴。大家都化成原型，朝著我狂奔而來。

我迎著同伴，接處的瞬間，初蕊輕輕的在我頰上一吻，低聲道：「跟我們一起來！」

我與同伴們一起奔跑，融合在奔跑的流速中。跑過高山、跑過原野、跑到世界的盡頭，就像當年一模一樣。

淚眼模糊的，好懷念，真是懷念得狠。

「在哭什麼呢？」初蕊溫柔的笑著。

「就算是在夢裡也好……，我真的，真的，很想念大家。」

我以為這輩子都回不來了；而且也都已經有了覺悟才離開族裡的。

「你現在不是就在這兒嗎？」

望著那抹溫柔的微笑，我也忍不住微笑起來。

終於，可以安心了；在初蕊身邊，終於可以放鬆，可以好好休息了。

我緩緩閉上眼睛，任由眼淚滑落土壤。

天轉寒冷；山道上的櫻花終也開了。

桃紅緋寒櫻、粉色八重櫻、白嫩霧社櫻……滿山滿山的開著；櫻不如梅香、不如梅洶湧，因此不至招惹群蜂。

藏書閣畔的櫻瓣落枝下，散著細砂般的紫色水晶。

佳作

女人花

餐旅一　王依梅

阿娟坐在梳妝台前，水蔥似的手拿起扁梳緩緩地在頭上梳著、攏著，直到微亂的髮順開了方才放下梳子，側著白玉似的頸子給自己滴上幾滴明星牌花露水，不知怎地，平日裡習慣的味兒，竟薰的阿娟頭昏，蹙起一雙眉，那眉心中的結似乎千千難解的積成了一團又一團。順手點起一支菸，重重吸了一口，吸進無奈，再吐出無奈，團團白煙中阿娟看入鏡中的自己，沒來由的有點冷然的陌生，可能是頸上那條昨日剛收到的金剛鑽使自己看起來與常日裡不同吧，她想。閉起眼，阿娟將頭靠在冷涼的鏡上，冷寒的鏡，冷寒的鑽，使的阿娟不由得吸進一口溫熱的菸，來溫著她的心，溫著她的肺。這同時聽見身旁咘咘喳喳的女人們各個拔高著嗓子的鬧著，吵著。

另兩張梳妝台前則是坐了小翠和麗紅。麗紅今個兒穿著天鵝絨鑲金絳色無袖旗袍，整個人像是開得熱鬧卻過了花期的大紅牡丹。長方的臉蛋兒；體態豐腴艷麗，雖然是單鳳眼，可那眼像是會勾人似的，狐媚極了。

「喲，小翠你釣上新的大老爺啦，是開成衣廠的老頭子還是那個小夥子阿。」麗紅用她那被唇膏塗得油澄澄紅豔豔的嘴道，說著便在地上啐了一口，斜睨著眼繼續道「我看八成是那個頭都禿了的老頭，嘖，那個小夥子俊是俊，就是窮阿，可給不起你手上那顆寶石。」

「再怎麼也比不過阿姐那顆拇指大的呀，聽說是給阿姐賠罪用的呢。」小翠拉拉她乳白鏤花洋裝，再往自己慘白的鵝蛋臉上塗粉、玲瓏有緻的身上噴花露水，像溝裡的百合，表面上潔白實地裡腥臭。

阿娟知道麗紅最恨別人說嘴這事，那日麗紅的客人喝醉對她動手，摑了她一巴掌臉腫得好比拜拜用的麵龜，麗紅那種辣椒個性子當然不可能善罷甘休，非鬧的，逼著人給她賠罪不然就找上他老婆，那人是靠著老婆發達的，當然寧願息事寧人。可阿娟也知道小翠這是偏要說，小翠耳根子底下抑是容不得別人碎嘴她和那年輕學生的事。那樣年輕的溫暖的乾淨的身體是她這輩子最渴望的，她容不得別人碎嘴，容不得。

聽著她們的話，阿娟益發頭暈，昏昏沉沉中她低頭瞧了一眼頸上的鑽，噗哧的笑了一聲，這鑽又沉又大呢。

此時收音機卻突地的開始唱了起來，梅艷芳溫婉的聲音從破收音機裡卻吐出哧哧喳喳的破碎的斷斷續續的詞。破收音機唱走了調，唱出阿娟破碎了的走了調的人生。

女人花　搖曳在紅塵中
女人花　隨風輕輕擺動
只盼望　有一雙溫柔手
能撫慰　我內心的寂寞

記憶像針刺的阿娟難受，她本以為，時間一久她會麻木，時間一久那針自會斷了、不見了，然而針只是鏽了可還是針，仍然是在阿娟心裡著、磨著。

春風吹來又走，揚起了那時年幼的單純的兩個人的對話。

「紀哥哥，這茶葉好香呀！是什麼茶呢？」阿娟捧著幾片茶葉在手上輕聞，幽幽的茶香襯著阿娟童稚的笑。

「紀哥哥，這花好香呀！是什麼花呢？」阿娟問。

「紀哥哥，這字好秀麗呀！是什麼字呢？」阿娟又問。

眼前溫文俊雅的紀哥哥面對著連珠炮似的阿娟，用他低沉溫潤的聲音仔仔細細的解釋，「這茶是我家裡種的紅茶，花呢，是玉蘭，很香的你聞聞。這字，是娟，是阿娟你的娟喔。這意思是美麗的意思呢！」，似乎是想到了什麼，停頓了一會兒，笑道，「是說阿娟你很美的意思呢！」。紀哥哥是村里茶主的兒，阿娟平日跟著阿娘來上工，總愛去尋紀哥哥，在她眼裡，紀哥哥是最好的，最好的。

春風吹來又走，揚起了陣陣茶香以及不遠處的玉蘭香，這香，像刻痕又像藤蔓，深深的鑿在阿娟的腦海中、緊緊的纏在阿娟的記憶裡。

阿娟的確是村裡頭的水姑娘，巴掌大的鵝蛋臉，水汪汪的一雙大眼眨呀眨的像是會說話的，笑起來眼兒總瞇起來，像尊唐瓷娃。阿娟的秀麗是遺傳她阿娘的，她阿娘是村裡出落標緻的美人可惜嫁與他那無良阿爸，這麼一生就算毀了。水人嘸水命啦，村裡的人總這樣說。一朵本該綻放的茶花被雨被風被命弄蛀了、弄腐了。在多風多雨的命裡，阿娟的阿娘這輩子是要讓雨水浸爛了，讓風吹亂了，連死都要死在爛泥裡了；可阿娟她一出生就在這爛泥圈中，她的根無法選擇。

阿娟的娘在紀家的茶園採茶、幫傭。可那一點塞牙縫的錢根本不夠阿爸的錢和弟弟們張眼就要討飯吃、討奶喝的錢。阿娟總覺得眾多的孩子和那阿爸就像阿娘根子上的臭蟲，吸著根上的養分不夠還要刨盡根子裡的骨血。時常在有著月娘的夜裡看見阿娘流淚，就連那哭，也得細細的哭，哽在喉裡的哭，就怕吵醒一床上大大小小的孩子和那好不容易發完酒氣的男人，那種悲苦哽咽聲，和著夜一聲，一聲的敲進阿娟的耳裡。是不忍是不願，更是不敢，阿娟死死的緊閉雙眼，摀住雙耳，矇著頭，不忍再聽，不願再聽、不敢再聽。只是眼角卻不由得留下一樣酸楚的熱淚，燙的阿娟渾身疼。

「毋通呷阿娟賣去彼種所在啦。」阿娘拉著男人的手求著。

「幹伊娘，明阿仔人就來拿阿娟，麥囉囉嗦嗦。」

那個把她賣掉的父親從腰褲內拿出幾張皺巴巴的百鈔丟給阿娘，那是一年下來都很難？到的，女人哭哭啼啼、委委屈屈的收下了。平日裡要是見了錢，即使是糞屎堆裡撿幾來的，都覺得香，都覺得歡喜，可那錢，那錢卻散發著無比的惡臭，好臭，好臭，真的好臭……

那些錢愈看愈像盤據在一起的蟲，一隻一隻蠕動著，每一隻都像是迫不及待的想往人身上去鑽。

阿娟第一次出場，裹頭的嬤嬤把阿娟穿的一襲嫩黃織花洋裝，配著阿娟水憐憐的一雙眼，像是一朵蜜糖黃般初開的玉蘭，泛著一種處子香。阿娟一踏入舞廳，只覺得男人的魚腥味，女人的胭脂味，酒味、煙味，嚕地，撲鼻而來薰的阿娟直想頭發昏。嬤嬤把阿娟推給一桌子的男人時，便扭著她渾圓的腰臀走了。桌邊的男人瞧見阿娟各個咧著噁心的笑，像是蒼蠅看見蜜般，都想往她身上蹭。

「嘖，秦爺都還沒嘗過，你們伸什麼爪子。」一個嘴犯淫笑的男人兇惡的道。說完，那名喚秦爺的，一顆頭有著豬耳、豬鼻，瞇著死魚的眼，那肥大的嘴唇像是可以把人一口吞下的張著邪笑，笑時，嘴邊的肉一顫一顫的抖阿抖，而他的手也抖阿抖的往阿娟身上去，又是摟腰摸屁股的又是把臉往阿娟胸口蹭，當他聞到阿娟胸脯子的奶香，便笑了。

「是個美人胚子，嗝。哈哈哈哈！」秦爺打了酒嗝。

阿娟原本就簌簌簌發抖，那顫抖一路從小腿肚蜿蜒上來，她本以為是舞廳太冷，此時，那個酒臭的嗝往他臉上直噴，無助，羞愧，委屈，全從身體湧了出來，方才知自己是害怕啊、害怕啊。一股蠻力推開那人，阿娟奮力跑，即便是被腳上那雙新鞋絆得踉蹌狼狽，她拚死都要逃離那群禽獸。

啪。一個火辣的巴掌摑在阿娟臉上。可阿娟顧不得疼，一個咚的跪在地上，再一個咚的把頭磕在地上。「求妳了，給我一條生路吧！」

咚。咚。咚。咚。每磕一個響頭，都疼，那疼是鑿在心上的啊！阿娟的眼淚、鼻涕，流得滿臉，額頭磕得像辣椒一樣紅，她像狗似的匍匐在嬤嬤的腳下，手裡揉著撕著嬤嬤的褲管，求她。求著。

「求妳了，給我一條生路吧！」阿娟哭的那般聲嘶力竭。

「生路，我告訴你，在這裡生路，可不是向我求的，去向那些捧著錢的男人求吧！」嬤嬤一把推開阿娟。阿娟碰地一聲硬生生倒在地上，任著眼淚，鼻涕流，任著身體顫抖，她把自己縮成一團，哭得喘不過氣。為什麼、為什麼、為什麼，她好怕、好怕、好怕。

耳邊還迴盪著嬤嬤離開的話「在這裡，你要生，就得向那些男人討，穿金戴銀不是問題。」踢了阿娟一腳，惡狠狠地道「你惹了秦爺火，改天賠去，否則有妳受的，妳敢再撒潑一次，我讓人把你拔光了丟進男人堆裡。」

阿娟縮著、抖著、哭著、整個人發酸，她也是人啊，為何要這樣子對她，也是人啊……

那日，阿娟被嬤嬤帶去賠罪，她只知道黑矇矇的一片，彷彿沒有了光，阿娟同時聞到了男人腐臭的味道，從腋下竄出的狐臭還有那像蛇在她身上遊走的撫摸，教她想吐，可她被灌了迷藥，一動也不能動，原來著她連吐這件事也由不得自己，秦爺噁心的身體伏在她身上，她恨啊她恨啊，同時她也想起那日與紀哥哥的道別。

那個在家鄉唯一對她好的人，那日她要讓娘騙去時，她還去跟紀哥哥道別。

「紀哥哥，我阿娘說她要讓我到姨娘那兒去，去穿新衣，新鞋了。」

「那可真好，阿娟這玉蘭給你做個念想。」

「我等你回來找我玩。」一慣溫潤如玉。

她淚眼婆娑怕是一個眨眼就會哭出眼淚，「紀哥哥，我一定回來找你。」

那日要離開時，下著大雨，坐在瀰漫著霉氣濕氣的公交車上，阿娟手上不停地撫著那朵紀哥哥交給她的玉蘭，來回往返的，恨不得把玉蘭烙在心裡，她想她去了姨娘的家必定會想念紀哥哥，想念那棵玉蘭，想著想著，卻不知玉蘭在手心已揉成了一團，花瓣早碎了，花汁沾了滿手。窗上一點一點的雨滴因為越積越多越積越重而流了下去，一道一道的雨痕由窗上墜落，一如人的命運從來身不由己，任由無奈越積越多越積越重，最後也墜了下去。村里的玉蘭更是因為這場驟雨落了一地的花，落了一地的香。

阿娟只覺得疲累，可耳邊嗡嗡似的耳鳴不放過她，像破舊跳針的音響，撒啞的聲音唱著：

「我等你回來找我玩。」

「我等你回來。」

「我等你……」

「我一定回來找你。」

「我一定回來。」

「我一定……」

阿娟淚流乾似的，那個早上，她的臉有著凌亂的殘淚，佈滿血絲紅腫的眼卻只是空茫的瞪著天花板，只覺得整個天地都再轉，昏天暗地的轉。

「不能了，不能了，不能了。」啞啞的從她發酸發哽的喉嚨中喃喃吐了出來。

像是夢一樣恍惚的前塵迷濛了人的眼，高樓上狂風捲著阿娟的裙擺，腳下的霓虹燈閃阿閃，每盞都像那群骯髒惡臭的男人雙眼，各個發出餓狼般的飢渴的森森幽光，在阿娟泛著淚的眼裡，每隻眼睛都虎視眈眈的等著阿娟往下跳，每隻眼睛都把阿娟剝的赤裸裸，恨不得一口吞下。

突然地她想起，村里的人揉茶，茶葉揉阿揉的揉成一團一團。茶葉被狠心人摘採下來後，讓人使勁地，不留情的揉，揉出茶汁，揉出茶香，可那葉卻因此委屈成團，像是自個兒蜷曲起身體撕心痛哭的模樣。阿娟顫抖地踏出一步，那種解脫讓阿娟覺得自己像隻鳥，像隻開了籠的鳥，準備飛翔。

可臉上被風吹得冷冰的淚珠掛在阿娟臉上凍得她清醒。那些茶葉最後賣了好多錢呢，阿娟開始格格的笑，破碎的笑，失了心的笑，笑得渾身發酸，笑的胸口發疼。她可不甘，可不甘這茶葉還沒賣得高價，就倒了。嬤嬤的話低低的在耳邊響起：「在這裡，你要生，就得像那些男人討，穿金戴銀不是問題。」穿金戴銀不是問題呢，穿金戴銀呢，這句泛著蜜香的話，伴隨腳下的風猖狂的勾著人。

阿娟緩緩地抬起手摸摸自己的臉，這是張美麗的臉，這是一張能賣好價格的臉。這世間笑貧不笑娼，若自己這往前一跳，改明兒又從窮人家裡的肚子蹦出來，那些可笑的、可悲的佈滿霉臭味的人生又得從頭來一回，可往後一跳，是跳進金晃晃的銷金窟呀！眼前霓虹燈五光十色，寶石紅的、翡翠綠的、金子黃的、閃阿閃的，閃的阿娟目眩神迷。閃得阿娟腰一軟，腳一滑，往後滑入那滿是銅錢香的世界。

嘎呀——地一聲，老舊的破收音機突然發出尖銳刺耳的聲響劃碎了阿娟的回憶，停頓了下來，可能是壞了吧。

卻也讓麗紅和小翠蒼蠅嗡嗡似的聲音回到了耳中，麗紅狠狠瞪了小翠道：「哼，你少拿我的事說嘴，我們都還比不上阿娟呢，人家是女人香裡的紅牌呢，要風是風，要雨得雨呢。」

「可不是嘛，那些男人各個都等著替那賤蹄子提鞋舔腳趾。」小翠道。

阿娟不願理會他們，她只覺得可笑，女人就是愛妒、愛比較，好的硬要和極好的比較；半好的跟好的比較，可連這下三濫混帳的都要比，實在是讓人笑話。她整整她乳黃鑲著水晶鑽的旗袍，扭著腰臀起身推開舞廳的門。

「喲，秦爺，阿娟可想你了，你這個壞心肝，可讓人給把心想壞了呢！」阿娟一把摟住那隻蹄膀似的手，渾身像水蛇般貼了上去。舞廳裡亮晃晃的燈照著阿娟頸上的鑽晶瑩透亮。舞廳裡一樣的腥臭，可她身在這裡，也必須生在這裡，像是活過了可笑的一生，而花開花謝終是夢。

收音機讓人用力的拍了拍，又繼續唱了，梅艷芳低低的，溫婉的歌聲從梳化室裡的破收音機流洩出來，依舊哧哧喳喳的破碎的，可破收音機這次卻沒唱走了調。

女人花　搖曳在紅塵中

女人花　隨風輕輕擺動

若是你　聞過了花香濃

別問我　花兒是為誰紅

阿娟選擇掉到這用金錢鋪成的新世界裡，選擇活的豔麗，活的一枝獨秀，不甘再由風由雨。重生成舞廳裡的紅牌，阿娟一樣的美，一樣的出落妍麗，更是一樣的如玉蘭的香，可那玉蘭的花香像是讓人放了許久，濃郁刺鼻，雞油黃的花瓣染上了點滄桑烏暗的棕銅色。

佳作

收拾

中文四　李東龍

1

那個下午大雨來的異常，早上還是光艷的太陽，總算喬出時間搬家，你弄得滿頭大汗，把家當全擠上了狹小的休旅車，其實生活用品不多，兩包黑色垃圾袋裝滿衣物，一只紙箱堆放雜物，最多的是書，用紅色塑膠繩綁成一綑一綑，壓滿半個房間。

他來的時候你還在忙著，搬動新房間的格局，一會把衣櫃放在東側，一會嫌廁所門不能正對床，著急著三座書櫃的擺放位置。他在門外看了看，安靜得不出聲，看你一個人吃力挪動，瞬間一陣暴雨，明明陽光還晴。你嚇了一跳，不知道是看見他還是為突如其來的雨。

「以前我老家的房間，窗戶外種了一顆芒果樹，每個夏天，有好多螢火蟲圍繞在附近，幾隻飄進了我房間，在半夜的時候，就像伸手可摘的星星。」他說。

「後來呢？」

「後來芒果樹砍掉了，從此我再也沒看過螢火蟲。」

他還是靜靜的站在房間角落，偶爾跨過幾綑書堆到另一面牆，像跳房子。結實的體態不算太瘦，短髮，白淨的皮膚，一對臥蠶緊連著雙眼。你還記得初次見到他的時候，一件過時的格子襯衫，黑色休閒褲，他靜靜地坐在聚會的一端，和現在一樣。

可總有東西不太一樣。

你記得那時候他雖然安靜，話不多，嘴角卻始終上揚，他在旁邊咯咯的跟著大家笑，你刻意坐到他對面，順著話題接上他的眼眸，所有人都看出了你對他的愛慕。在滿桌的汙濁混雜，你覺得他乾淨像晨曦，一絲不染。

分手那天你不甘地直望他雙眼，想找回當時得潔淨，卻只在眼瞳中看見失神落魄的自己。也許愛情一直以來都不是雙方的事，你們都只是在愛自己。你愛那個單純乾淨的他，愛那個無邪的笑容，他是你戀愛模型裡的典型。愛終究成為你自己的事，你愛他，不用他回應。

你終於把東西搬完了，自己一個人，他來時待了一會，把幾件你留下的衣服還來，一隻舊手機，一些昂貴的禮物。

外頭還是下著雨，稀哩嘩啦狂噴，疲累的躺在床上，無暇理會房內的濕氣，發黑剝落的壁癌，雨順著屋簷流下，像小瀑布。你腦中轉個不停，擔心書會發霉棉被潮濕衣服乾不了，你也擔心自己終究如雨落去，涓涓細流或傾盆大雨都要流去。

你想起他像小孩一樣地把頭深埋進你胸時，「怎麼了？」你總這樣問著，而他只是喃喃說著片段的話語，或像噩夢初醒般尋找依靠。

也還記得做愛完，你倆裸身躺在床上，或許是某個睡前，他要你側身躺在他左胸，那麼用力地摟著，好像他突然長大，以結實卻不厚的胸為枕，輕撫著你，就像你也那樣撫著他。他的舌你的唇，真如兩蛇貪婪的纏媾，你偷把眼睛張開，他害羞的停止，別過頭。你捧著他的臉，再一次親吻，這次他像發了狂的野獸，舌信在你口腔上層不停竄動，如此飢渴主動。他突然嘶吼喊出我愛你，你就要被他征服，事後你卻不敢去猜，那只是一種懺悔。

後來，你終於明白煙火的美麗。

本以為花火瞬放的一刻，生命已然終結。跨年那夜的滿天絢爛，他卻低聲愁眉說不懂這種美麗。煙硝後甚麼都沒了，好浪費。

在他房間的窗口總能看到滿滿的夜景，你離去那晚也是這樣，城市的夜景太奢靡，你哭著說相機怎麼也照不出這裡的一切。他教會你連他自己都不相信的道理：原來最美的東西，一瞬即逝。

然而有些畫面每天都會浮現，卻無法留念。

那晚，你早有預感會再夢到他。

夢裡黑白昏暗，你們像念著不屬於自己的台詞一樣對話。冰冷的讓你想起分手的前晚，你獨自睡在下鋪，靠著一條薄巾裹身，是會透光的那種。啜泣聲持續一整晚，你在半夜驚醒，摸黑在他的衣櫃中找尋可以暖身的衣物，你記得有一件厚針織衫，是你擔心他冬天穿太少又沒有厚衣服而留在衣櫃的，但那晚你無論怎麼尋都找不到。

也像那天你去他家找他提復合，只是你哭得更慘。他還是靜靜的在一旁，用一種極為陌生的眼神望著你，不論你如何解釋如何承諾如何哀求，他只是冰冷。

剛開始他始終不肯進房，第一次見他一個人坐在客廳開電視，也許害怕兩個人在房間過於擁擠或者，總做些甚麼區隔男朋友和朋友。後來他終於抱住了你，但你知道，他只是同情。同情他把童話故事裡的愛情崩毀，同情他曾經說過他愛你，你不知道，也許他只是覺得說分手的人比較慘忍。

也許只有你自己能救自己。

2

你從滿是菸味的 KTV 回來，卻淋了點雨。

肥皂泡沫在身體瘋狂塗抹，掩飾不了贅肉和肥胖的身軀，近乎老態。卻刻意選了添加薄荷精油的天然皂，把佈滿傷痕的皮大片撕下，透著光微見毛孔斑紋。

儀式般淨身，你以為能掩蓋些甚麼。成長總會毀滅什麼的，或者加重了什麼。始終相信現世報，或說感情的輪迴，欠的債有天總得還。

跟他分手後你胡亂投入另一段感情，他們說轉移也是遺忘的一種，你不知道，只是剛好有個人出現，剛好你需要人陪，剛好他愛上你，剛好你不排斥他，你跟那個人在一起了，然後分手，一切都是剛好而已。

於是你先被傷害，然後傷害別人，在泥沼中拚命掙扎，看似相濡以沫卻濺起更多污泥。你突然驚覺再也不是單純的男孩了，懂得這裡一切規則，卻在某個夢迴驚起，想起他。

終於，書寫是唯一的出路。再現回憶也召喚他。他們說他變黑又變壯，頭髮剪短了。以凝縮轉移曲折的夢境，你找到他，一個圖像，冰冷又陌生（他甚麼時候換了這樣的髮型，而你記得他從不穿背心）。主體分裂成二，白天與黑夜，對立，你無法停止在夜裡想他。因為陽光，你假裝活著，在超過攝氏 30 度天氣，愛情暫時隱密，其實只是無法向人言語。

愛恨兩個極其強大的能量，精神分析說付出後的反作用力足以吞噬。如何讓他維持一個美好善良的符號，在你心裡，不轉化成恨。

不願藉由恨而忘。

斷絕一切後，你宣告療傷只能獨身。可你永遠無法忘記那晚你試著抱他，指尖傳來的卻是恐懼的顫抖。原來，這就是愛情最後的模樣。

你還記得約會第一天，他大老遠來找你，在客運上，冷氣開得極強，極地般的乾寒，可窗外卻是起伏連綿翁綠的山。

「這是我最喜歡的一條國道，可是我記得第一次來的時候，呼吸總有點不順，也許是高度，也許是第一次離家。」你說，卻看見他稜角分明的臉上，些許的幼鬍，淡淡細細灰色。

他沒有回答，闔眼安靜地睡著了，事後他說習慣遠途的時候休息，「一上車就睡，醒了的時候就到了。」他不好意思的笑了一下。然後你載著他在山城環繞，百無聊賴的夏天，悶熱像一甕發酸的福菜。

那天傍晚你們在超商停留。一隻瘦骨的黑狗單薄站在門外。他摸著黑狗的頭跟牠說話，然後進去，買一包香腸出來，趁你不注意的時候。

香腸剛微波完，熱氣微冒，燙手，他一口一口吹涼，然後餵牠。他說狗狗好可憐，轉身又對牠念狗狗很燙阿慢慢吃慢慢吃。像個孩子一樣。

後來你還是嘮叨了幾句，對狗比對男友好，他說哪有，然後繼續笑。

剛分手後，他斷絕一切與你的聯繫，FB、MSN 和 SKYPE 像是一縷幽魂無聲消失，然後你的電腦也無預警的中毒，所有事情都像場串通好得鬧劇，出遊的合照和對話紀錄，那幾句愛你想你好想見到你一併被帶走，你盯著重灌後的電腦，空蕩蕩的毫無痕跡。突然湧起一陣酸膩，你蹲到馬桶乾嘔，把五臟六腑全吐進缸裡，隨水流去。

那時候他回家鄉，分隔兩地的一個多月，上飛機的前一晚你發高燒，頭脹的炸開，像空氣硬擠進了頭殼，身體卻冷的發寒，蓋了棉被後卻不斷出汗，他焦急的不知如何是好，你好想要他留下來。

「陪我……」

你顫抖的唇想發出聲響，卻在嘴邊停住，恍惚朦朧中你看見他把衣物塞進行李箱，那是你第一次感受到分離，從此，冰冷指涉愛情。

你也記得他抬著筆電視訊帶你逛他的家園，從樸質的房間到充滿南洋風情的客廳，窗簾是各色的扶桑綻放，大門口兩株雞蛋花野得放肆，你隨著他走上庭院旁的階梯，兩條狗像發了瘋的搖動尾巴並撲上他腿，視訊那頭他笑得開心，隔著電腦，你只覺得他的世界不停晃動。

你被遺棄在城市的角落，發霉潰爛冒出陣陣腐臭。

3

他真的愛過你嗎？

把寢具歸位後，你猶豫著是否開始整理書籍，索性推高砌成一面牆，暫且不碰。不碰，分手後的半年，你避免自己接近他家附近，害怕坐某號公車，吃某種口香糖。可是你一直在找那個味道，很人工的櫻花香。他愛用那牌沐浴乳，洗完澡後，白煙熱氣攪混著。

「我可以咬你嗎？」你抱著他問，賊賊的。

他還你的東西靜靜放在床角，幾件你留下的衣服還來，一隻舊手機，一些昂貴的禮物。還是沒有那件厚針織衫。

你決定開始整理衣服，冬天的夏天的還有秋裝，所有東西都該有它的秩序。就像朋友們的勸，除了鼓勵你早點走出來、儘量回歸生活軌道之類不痛不癢的話，一概避免在你面前提起他。

其實朋友都不解你們為何分手。剛交往的時候，你們過於放肆的昭告天下，樂於在眾人面前談論愛情。他輕易收買了你的朋友，攏納變成他的朋友，他們總開玩笑的要你好好照顧他別辜負他對他好一點。

所以你也不懂他為何離開。

分手那晚，光影閃爍的地下道，還真像電影情節，連假出遊，你們到另一座城市遊蕩，一台機車兩個人，夜晚抱著睡。毫無徵兆，不過是返家前的疲憊，提著大包行李，你們穿過地下道準備搭車。

「回去後，我有話想對你說。」他一臉奇詭的凝重。

「不管，你現在不說回去就不讓你說了。」你想鬧他，試圖讓氣氛緩和些。

後來他講了什麼，你也記不得了，是「我們當回朋友好不好？」還是「我對你沒感覺了。」抑或「我覺得我們不適合……」只是距離那天已經半年，地下道的濕臭髒亂，燈管忽明又滅，一攤攤積水久久不散。

後來的你不斷為他找理由，不停安撫自己。你說他可能是想好好讀書，也說一定是你太霸道，又說他害怕遠距離等等。你用盡各種方法詮釋從未爭執的你們突然分手。

其實你只是想找個台階下，找一個合理的解釋，是誰的對錯都好。

他們說愛意的產生來自腦內多巴胺，消退則是多巴胺減少後催產素未生，或催產素無法持續供應。

也說爭吵是認識彼此最好的方式，沒有爭吵就沒有溝通也就無法讓感情長久走下去。

又說緣分已盡。

你拿起一件蛋黃色上衣，領口鬆垮脫線，是他以前穿的衣服。南瓜，你穿起來的時候他這樣笑你，然後偷偷親你一下。一旁的淺灰色鞋子是網購的，同款同色同尺寸，他也有一雙。

窗外還是滴著雨，新房間過於老舊，水也滲透了牆，水漬像張牙舞爪的人面蜘蛛，房間收拾好了，濕氣卻陰魂不散，你把所有和他有關的東西扔進紙箱，除了一張生日卡片，他笨拙的在上面畫了你（以及數個變形的愛心）。

你突然想起那天他講的話，簡單明瞭的大字。

「我們分手吧。」

雨水漲亂未停，沒有除濕機和暖氣。

決審會

莊華堂
楊富閔
鍾文音

評審簡介

莊華堂

一九五七年生。現任採茶文化工作室負責人，專事地方文史工作。創作文類以小說為主。曾獲中央日報文學獎、吳濁流文藝獎、新聞局金穗獎紀錄影像優等獎、行政院文建會優良地方文化錄影帶獎等獎項。

楊富閔

一九八七年生。台南縣大內鄉人，東海中文系畢業，現就讀台大台文所。曾獲林榮三文學獎短篇小說首獎、吳濁流文藝獎、二〇一〇年博客來年度新秀作家等，作品曾入選《九十七年度小說選》、《九十八年度小說選》。著有短篇小說集《花甲男孩》。

鍾文音

淡江大傳系畢，曾赴紐約習油畫創作兩年。現專職創作，以小說和散文為主，兼擅攝影，以繪畫修身，周遊世界多年。出版百萬字鉅作：台灣島嶼三部曲《豔歌行》《短歌行》《傷歌行》。圖文書《裝著心的行李》，攝影圖文書《暗室微光》，開過攝影展與畫展。翻譯《貝克的紐約》等書。曾獲中時、聯合報等十多項重要文學獎。

【開場】

莊華堂：這一次小說決選的作品，進入的有十三篇，差不多一半的作品值得頒獎！寫小說的東西騙不了人，沒有一定的生活歷練，和對人世間基本的了解，那很難把作品寫到某一種成熟度！十三篇作品，基本上已達到某一種水平，我想要在評選之前，我先做一個這樣的開頭！

鍾文音：我這次看到作品滿訝異的，同志類型的大量，寫得這麼繁花盛景然後就凋零蒂果。我覺得寫作最重要的是題材，我不能偏見的用題材去選擇它，因為我們所有的寫作到了最後都為了技巧，有三篇雷同，同志的愛情對象不同，跟虛擬出來的東方世界崩裂的過程，那心境培養也雷同，事實上很難超越同志小說，但我覺得可看出作者的用心，跟鑿痕的用力，那我想鼓勵，因為文學質感有達到，他在經營的時候，他知道文學是怎麼回事的作者。

其他篇我覺得有幾篇是比較可惜的，它有素材但它沒有小說有機的結合，小說的素材跟素材之間、文跟文、段落跟段落之間，沒辦法產生有機的連緊。選擇的體例也會影響，肌理跟技術的部份，情節還可以更好！除了同志的題材，還有其他的我覺得可以看到背後的閱讀，試圖想要超越，這次的結尾都比開頭好，有與讀者開放性的各種想像的結尾，特別好！

楊富閔：我評審時，一個是選出最好的作品，閱讀的過程中，我停留在細節的部份，有些展現經營題材的能力，我希望從細節看出作者可能性以及有潛力的地方！在面對類型文學以及純文學時，在挑選上我會比較掙扎，剛剛鍾老師有提到形式上的問題，我覺得形式實驗非常重要，不管是普遍性的形式，或是形式的突破，內容可以跟著形式，我覺得都可以注意，訝異的作品是很訝異，作品好壞有懸殊，同志題材或者是校園生活為多數，沒有城鄉差距。

〈森徑百物語〉

莊華堂：整個小說的結構，不是那麼的完整，有一點有鄉土又有一點新世代的味道，又有一點魔幻寫實，作者應該是喜歡日本文學的，她提到一些日本文學的作家和作品，在芥川龍之介小說裡有寫過！這篇小說最大的缺失，可以剪到兩三段拉雜性的東西，結構性會比較緊湊一點喔！

鍾文音：回到聖經源頭，有聖經亞當夏娃的概念，夏娃跟亞當本來沒有穿衣服，所以那個羞恥心從此而來，這裡談那個皮毛，異質異界的人是沒有穿衣服的，人是有穿衣服的，那穿衣服難道真的就有羞恥心嗎？還是沒有穿衣服的反而更有羞恥心？

文字是不夠好的！題旨非常大，我覺得這是長篇小說的格局，所以他有切斷比如說一、二、三、四、五，到了五的時候非常的快速，我覺得那有點可惜，就是那個藏書閣，把這種類型的小說提到一個比較知性的論述，在小說裡有伏筆，這是很有趣的，可以再多論述一點。文本和文本間的轉接，作者匆匆地為了要結束就跳到五，後面結尾可以再繼續寫，這個小說很好的梗，就是我們竟然可以幫別人吸收悲傷，是傳禮者的功勞，有福音的概念，然後談到人死亡後不能復生，所以說會有點可惜，確實是日本味比較重的，我建議人名用底下畫個線，那一看就知道是類型小說，我覺得他的文字和串聯還有待更好的改進！

〈欒花〉

莊華堂：相當成熟的作品，就小說的結構而言，完整性，或者氛圍的掌握、顏色的烘托，作者的文字對主角內心裏面，思維的東西深度相對探索，達到基本上小說的要求，絕大部分學生的作品裡面，對氛圍懸疑這樣的東西，人物心理細微的掌握度，不是那麼理想，可是這一篇，基本上都掌握了，我給這篇的成績相當高！

鍾文音：這篇的韻味很足，整個小說的結構有完整性，是個短篇小說，很集中，一個輔導老師一直跟女孩之間的輔導，情韻都藏在裡頭。他離開了妻子，想起了那個少女的種種，很淡很淡的東西，然後讀了會有感覺！唯一的敗筆是，作者特地要講完台灣欒樹，其實應該把那個意象埋在裡面，欒花的變化很近，打從結果到變葉，不應該整段這樣講，因為這樣像網路找來的資料，反而不有趣，減弱了他原來的那個韻味。結尾結的很好，我喜歡這一篇的結尾，你看他最後一段，他說，當老師的人很苦因為年紀越來越大，孩子小，那女孩的身影彷佛與我記憶中的誰重疊，我們在多少的臉孔之中看見的是自己，他其實提到這一點，那這是非常好的，那知性的筆觸要再轉化會更好！

楊富閔：〈欒花〉是我選擇的一個作品，就是〈欒花〉的敘事跟〈收拾〉這兩篇都是短的，都是以第一人稱。輔導老師跟輔導對象在交涉的過程，串聯出自己的喪妻與女孩喪父產生結合。第一段，夏季對他來說已是習以為常，後面句號接著，得到一夜好眠的國中女生。我覺得可以再寫得更漂亮一點，結尾很漂亮，一個令人眼睛為之一亮的破題很重要，我在看這一篇文章的時候，我想到的其實是破題的方法！

〈女人花〉

莊華堂：這一篇難得出現時空錯綜的靈感，用全知觀點、時空擴充的筆法來寫，文章整個結構就會比較緊湊，這種比較錯綜的筆法寫到很多篇以後，這樣的筆法才會純熟，他也使用這個文法，可是這個文法是不成熟的。人物的描寫其實是不錯、滿精彩的，包括外型、穿著都有，寫這個風塵女郎，不是非常的像！一個學生要創作出這樣的人物，生活裡面沒有、你要去問到，但他至少掌握了一些資料，然後去揣摩。比較可惜的是，對話比較貧乏，就比較沒有亮點！

楊富閔：〈女人花〉這個故事的內容其實是比較舊的，這次有很多文章裡面其實有意象，我覺得說都沒發揮，沒有意象的飽滿度。〈女人花〉用了梅豔芳的典故，一來是香氣嗅覺的使用！有茶香的東西沒有被發揮出來，二來是茶園裡的茶香，然後是我所謂的脂粉香，還有體香的部分，嗅覺的細節！香氣在裡面就是一個工具而已，沒有辦法以這個〈女人花〉跟這個文章結合的很密，基本在寫作上不必用標楷體去區分，標楷體的使用是一下是對話，一下是歌詞，要小心避免閱讀上以及行文上的混亂。

〈長頸鹿樂園〉

莊華堂：〈長頸鹿樂園〉這一篇我給相當的高分，相當的成熟，這篇的優點和〈欒花〉很接近的，他有腥羶場面，也有鍾老師講的那個同性戀、亂倫這樣的東西，以一個大學生去處理這樣的題材一般都會失敗，但這一篇我認為他是成功的，他的文字用連續性去強調他要強調的事情，聲音的特效相當理想！絕大部分的校園作品，沒有辦法去傳達聲音的效果，對一個文學創作者或小說家而言，聲音、顏色、氛圍這些都是重要的！是做為一個創作者的敏感度，這樣你的小說或者你的場景，才會描寫的精采，氛圍釀造在十三篇小說他是最成功的！

鍾文音：不同的同志議題，但是跟三個不同的對象，長頸鹿，更擴大了那個世界。母親亂倫，有點谷崎潤一郎的小說的味道，「長頸鹿樂園」的這個意象又有點像是我們台灣的作家林俊穎的《鏡花園》，恐怕是同志文學的經典。那這個場景，一個是動物園、一個是烏托邦的意象，其實看得很難過，從母親跟父親的崩裂，最後母親把愛轉移到這個男孩身上，等於兒子代替了父親，代替了他的情人，這個我在鄉下確實聽過。

他其實是仇恨母親的，可是最後又獻祭給了母親。我覺得寫起來可以不要那麼露骨，這一段的缺點就是太露骨，長頸鹿其實是非常抽象的，但是他落實到母親，出櫃、揹背，他用特殊的字句，像是母親全部的肉體侍奉著他這樣的句子，然後前面是父親的靈堂，感覺超驚悚！結尾非常好，他在寫實跟抽象之間的連結，如果能夠再溫潤一點就好，暴力跟溫柔同時存在。結尾是非常溫柔，他說長頸鹿凝視著他，那長頸鹿其實是非常抽象。藉由父親的死亡、靈堂然後所有的結合都在裡頭，至於畸形孱弱的部分我不知道如何去定位他。

楊富閔：是我很驚艷的作品，文學性有出來，那個意象是嚇到你的，長頸鹿疊合出一個暗隱，我看〈長頸鹿樂園〉的時候，可惜的是它的結尾通過在父親的靈堂跟母親藉由一個重新的儀式完成，這部分儀式太多了！有好多意涵，在語言和文字上的叛逃性很強，主構方面的句子非常不一樣！感豐的東西也會很精彩、很驚艷，就是會得獎的作品，長頸鹿的前衛也會讓你印象深刻，但我對於靈堂，或許可以再讓它抽象一點，再反形式一點。

〈收拾〉

鍾文音：其實讀〈收拾〉我非常的驚訝、覺得滿精彩的，名字、意象、聲音、圖像藉由大雨不斷的下，很散文味喔！我覺得本來所謂的敘事在小說裡就可以成形！就會有散文跟小說之間的範圍，其實有很多的場景、對話、很多不太戲劇性的，很平實、文字很好，是一個考慮點。不知所終的為什麼要跟他離開，我們也不知道。

最後的結尾結的真好！他說雨水漲亂未停，然後沒有除濕機跟暖氣，房間是新的。他藉由搬家，然後從下雨一直到最後都是下雨，他的新房間過於老舊，可是他是新房間！所以代表什麼？他的愛情，一樣你換個新人，因續在舊的人身上，我覺得他有很多的隱喻！可是就小說而言，我覺得不足的部分是來自於，真的沒有太多的，就是一個很淡淡的筆觸。他像個詩人，像一個小說詩，比較像一個寫詩者。我想說他有機會的話，可以擴大他這個世界的書寫！

楊富閔：〈收拾〉這篇是我選的，是個很平淡、很簡單的分手後收拾情感以及整理心情的文章，它很清楚的交代一件事，「雨」。剛剛文音老師說是對那個雨是悶溼，整個暖氣、溼氣有烘托在裡面，我覺得它整個氛圍是在平淡之中，但是你知道說它講的情感是個乾溼分明。我是說就是乾溼要分明這樣，就是說它是一個我簡簡單單說故事，那它的另外一個對象篇幅比較短，建議在物質方面在著墨，就是相較一下對方的形象才可以明顯突出更多，文章的層次會更豐富。

〈脫皮〉

鍾文音：跟前面那一篇的溫潤感都出來，同性戀都很喜歡寫游泳，游泳是一個很溼淋淋的，換衣服的地方是個封閉空間，所有的情色一觸即發，最後結尾結得很好。怎麼這三篇父親都死了？父親、同性、弒父情節，希臘劇場都這樣演，他說準備一個關閉的泳池，所以他們都利用一個動物園、一個游泳池，然後父親縮水的身材在棺木裡頭，一個是乾的，死亡後是縮水的，棺木對比他少年時候的游泳池。其實這三篇都非常好，我覺得這三篇彼此互生，難分辨文字的差異性，真的是一次滿特別的評分經歷，從來沒有看過密度這麼高、不同文字同質感的作品！

楊富閔：這十三篇文章，大家的剪裁是普遍的問題，比較不擅長分段，或試圖去分反而越分越亂。

我在看〈脫皮〉的時候，會有兩個層次，很資深同志跟年輕同志的互動，帶出他跟他老師的過去，來穿插推動敘事。我覺得他有段寫得非常好！在一六二頁一開始說拉那個背部，那脫皮一拉是整個拉上來的，但皮剝掉後可能是新的皮，有一個意象在裡面！帶到與老師的互動，教數學，我覺得沒有接著背東西去發展，沒有發揮得很多，但拉皮的時候我有嚇到，在「感覺又勾起我和父母我們一家三口在租出小屋……」作者把那個極大的糾結，透過這樣一個出其不意的句子，轉化成父母跟我的纏繞，是情感上的，也是文學上的，我覺得這個意象很深刻，加上脫皮的意象，讀起來我非常喜歡。

【得獎名單】

首獎：〈長頸鹿樂園〉

貳獎：〈鑾花〉

參獎：〈脫皮〉

佳作：〈森徑百物語〉、〈女人花〉、〈收拾〉

【提問時間】

提問者：

請教鍾文音老師、莊華堂老師兩個問題。

第一個問題，有一屆主流寫生死，這幾屆的主流寫同志，這是一種主題式的發揮，文學獎接下來都會有這種特色，我想請問一下，這種主題式的寫作是不是可以營造出更高峰的感覺？

第二個問題，請問莊華堂老師是針對我們水煙紗漣文學獎，認為文學獎應該要跟埔里結合，我們是校內文學獎，但我看主辦單位徵選的主題，也沒要求要寫特定性的文章，那這樣子會不會有什麼侷限性呢？

鍾文音：

在我看來不是地域性的問題！我們疑惑的是你生活在這那麼長久，而寫一個身邊跟你沒有關聯的題材，為什麼這裡的東西沒有辦法滲透到你的生活？我們沒有看到，是覺得蠻奇特的現象！反而去想一個很設計的、抽象的、很戲劇張力的題材，那這代表你的生活其實是空的，我憂慮的其實是這個點！要做一個小說的長跑者，你還是要去生活，但我們都看不到埔里這個小地方的一個互動，小地方這個點不小，可擴大到很多東西！

第二個同志，確實是個顯學，因為每個人都在處理性別，在一個孤寂的時代，那比較好下手！我覺得同志題材寫死亡最容易解決小說的問題，容易激起大浪之後的安寧，拉大的那個壯景就不能多用。這次看起來其實真的沒有更好的作品，文字最突出的地方，太多沒有做到！而死亡議題，說年輕就不能處理死亡，倒未必！因為這跟個人的經歷有關。

我說的地域非常重要，因為那不僅是你的母水，你們該深深切切的把埔里這塊特別之地書寫，沒人感受到你們的地理空間嗎？都用很抽象的東西在形容，所以讀小說都是架空的，你們的文字訓練還不錯，我覺得一個人是要生活的，死亡在小說裡頭也不能多用，你現在拿捏的是什麼？真正的生活不是一五一十的投射嗎？小說裡還是要經過技巧跟技巧之間的環緊，裡頭要有一個連綴，它是你們這個時代獨有的劇場，地景是你們獨有的，要去動員！生活在這裡那麼久了，絕對不會沒有感覺！

莊華堂：

作為一個小說創作者或作一個文學家，你對環境的敏感度，應該有這種敏感度，當你失去對環境、對土地、對人的敏感度的時候，你的東西就不會動人！寫小說一定要懂得那個心理，小說所有寫的題材，最後到底是寫什麼？兩個字——「人性」。你寫的人物要符合人性，你要懂得讀者的人性，也要懂得小說裡面角色的人性！

就短篇小說來說，前面跟後面結尾這兩部分很重要，我覺得暨大的學生很聰明，看到前面就想看到結尾，這次入選作品裡，好幾篇小說的開頭或結尾都相當精彩！基本上你前面後面寫得好的時候，你入選就有可能了，當你寫的一長串，前面跟後面都不好，中間可能很多老師不會看的！

散文

首獎

耳

中文四　魯欣萍

昨天夜裡與母親通電話，近年她老說聽不清楚我的話，即便我刻意提高音量及清晰度，三不五時總還會有些小抱怨。有時候我會笑著說，這些話我都不知道聽過上百次，下次乾脆錄音以備不時之需，母親就笑得更大聲，說等我有一天老了，也會這般對孩子們嘮叨。

冬至將近，形象廣告很大一部分都換上了「回家團圓吃湯圓」的親子畫面，天冷的時候有一碗熱呼呼的湯圓，有一份熟悉的關愛，有一刻聚首的滿足，比起獨自一人抱著電視吃外帶湯圓必定幸福許多，耳內突然間聒噪起來，左耳聽覺近乎蒙蔽，我和母親說耳朵不太舒服，回家的事還是下次再說吧，我甚至不清楚我的話發音是否正確，那些聲響扭曲得更加厲害，恍若聽見母親回答「怎麼一到冬天就犯耳病」、「記得明天下班打給我」，電話「嘟嘟嘟……」便斷了訊，我放下手機，萬分疲累趴倒在桌前，室友端出一盤洗好的橘子，放在一旁的綠色小餐桌上，「要不要吃水果？」她說。

記憶中對於耳朵的痛感仍在，即使醫生已自我耳內夾出混著竹屑與血塊的穢物，那段在我耳內挖鑿的聲響，並未隨之而去。它們節奏不一，或是在吞嚥時敲擊，或是因為環境的冷熱變化震顫，嚴重者，甚至可以在耳內敲打整整一天，刷牙有聲響、吃飯有聲響、上課有聲響、甚至躺在床上一動也不動，還能聽見餘音環繞在耳內，「匡瑯」、「匡瑯」，在緩慢的翻身過程中提點著、摩娑著。

母親喜歡替我掏耳朵，每個週末，待我和弟弟洗完澡，她會輪流喚我們到房間，拿出黑色小髮夾，我趴在母親的大腿上，她一面摸摸我的頭，一面告訴我「火車要過山洞囉，隧道開不開？」第一次掏耳朵感覺很新奇，就像被蚊子螫了一下，搔到癢處的快感，重點是不會紅腫、不會發炎、更不用擦辣得嗆人的綠油精止癢。母親每挖得深一些便問我會不會痛，而通常挖到一個尺度，母親會停止掏掘，以極其緩慢之速向外撤回，最後她拉拉我的耳垂，拍了幾下耳匡，細細確認有無任何不爽之處，方才掏掘的耳垢碎屑橫於面紙上，頓覺耳內清靜不少，聽母親說話格外清楚明白。我曾經疑惑，鐵製的黑色小髮夾，會不會在這一進一出之間，將鐵屑遺留在耳內而不自知，這樣小隧道是否會生鏽，會腐敗、甚至會崩塌？母親聽完後，從化妝匣內取出另一隻掉漆的黑色小髮夾，看著的確陰森可怖，上頭布滿了刮鑿後裸露出的慘淡青灰，還有一些黏在上頭搖搖欲墜的黑色烤漆，用手一摸，它們就全黏在手指上了。我嚇得不斷搥打母親，母親攤開手，手裡是另一隻熟悉的小黑夾，平時總在掏耳朵時取用，這隻小黑夾並沒有任何折損，卻也沒有任何光澤，暗黑色枝幹摸起來並不光滑，可不知為何摸起來特別有安全感。

母親告訴我，不是所有的小黑夾都會釋出可怕的碎屑。母親嫌耳棒掏不乾淨，用鑷子又怕傷耳道，最後想起夾瀏海的黑色小髮夾，長度適中，攔腰處的水滴狀縫隙正好可以準確探入耳內，跑了很多家店，最後終於取得一支不掉屑、不沾黏且質地平滑的小黑夾，可用於「清理小隧道」。十二歲那年，父母租下一間水果店前的攤位，作起臘腸販賣的生意。他們忙著招呼生意，天蒙蒙亮起床備貨，待其他攤販都收拾走人，還見他們招呼著零星散客。我隱約感受到，晚婚生子給他們帶來的壓力，母親常嘆零花不足，就散大錢，擔心此刻不努力，老年之期已不遠，恐怕不足以支撐至我們姐弟完成學業，叨叨念著，手邊活兒沒停過，掏耳朵的時光便少了。幾次假日到母親房裡，看著母親因勞動而飽經風霜的愁容，即使耳朵隱癢難受，想起母親替我掏耳朵時還得屈著脖子、拿掉近視眼鏡小心翼翼地往耳內觀望，那無疑是雪上加霜，我默默關上房門，對著沒有人的客廳說：「覺得癢就先用手指撓撓吧，雖然搔不太到癢處。」

我不知道掏耳朵對我的意義是甚麼。把穢物排出體外，好比人每天都需要上大小號，害怕髒東西卡在身體裡造成病痛，甚或讓病痛帶來——死亡。曾有新聞播出一名男子長期躺在大理石板上睡覺，結果左右耳各住進一隻蟑螂造成聽力受損還有一名少女長期將吃完甜食的手指伸進耳內，螞蟻聞香成群結隊往裡頭築巢，就醫開刀取出兩百多隻小螞蟻，大部分仍垂死蠕動，有些被耳垢包覆住，結成一顆顆黃金芝麻球；更甚者，幾次耳鳴以為是睡眠不足造成，三個月後發現耳膜折損，幾乎喪失聽力。四面八方而來的消息不斷逼迫我，像得了強迫症，只消有一絲風吹草動，就覺得有什麼跑進耳朵裡，以致每日晨起總要以手撓耳一段時間，直到撓出些許碎屑，我才能確定昨晚並沒有異物在裡頭作祟，日復一日，未曾間斷。

此後，我練就以小指鑽撓耳畔的功夫。父母在家的時間越發少了，一個人閒得發慌，我提出到攤上幫忙的想法，母親初不答應，在我四五次提出相同要求並保證不會搗亂後，母親讓步，言明在先，唯有將作業寫完，才能到攤上與水果攤的孩子們玩一會兒，睡覺時間一到就要自動回家，不得耽擱，我唯唯諾諾應了，心裡高興，拉著弟弟手舞足蹈。

水果攤阿姨留著一頭深棕色的大波浪捲髮，約莫四十多歲，跟母親的年紀差不多，看她熟練地招呼客人，熟客半買半相送，生面孔也有來店試吃禮，話語如行雲流水，一口流利的台語，正是婆婆媽媽們喜愛光顧的原因。

「客人要什麼，我們就給他什麼。」阿姨說著，回頭繼續笑吟吟的招呼想買大西瓜的阿姨。臘腸攤生意漸漸穩固，尖峰與離峰時段人潮也逐漸分明，我試著跟母親表達掏耳朵的念想，但也許是表達方式不甚明顯，母親並沒怎麼放在心上。直到有一天，水果攤阿姨與母親聊天時提及耳朵清潔，阿姨表示有一個方法可以迅速清除耳垢又不傷耳，問我可否一試。

徵得母親同意，便隨阿姨走進通鋪內的休息室，她示意我先趴下，而後背對著我，取出一條長長的竹籤子，一頭為尖一頭為圓，我不敢說話，戰戰兢兢趴在紅色塑膠椅上，阿姨只說了一聲「很快就好了」，在我不及回應的當下便往我耳內插入竹籤子。

一種氣球被刺破的爆裂感自腦內迸發，下意識用力抓住阿姨的手，「痛……」我把字擠出來，就像我想把痛楚驅趕走一樣，然而，阿姨只是淡定地用另一隻手扳開我緊握的右手，繼續往耳內採，一邊說著「掏耳朵哪有不痛的，你傷口擦藥的時候難道不痛嗎？」，我不懂這句話的意思，只是覺得很痛，伴隨著熱、腫、酸、痲、癢，以及陣陣翻攪，像是用波霸吸管在珍奶裡試圖戳起一顆珍珠，最後奶茶喝完了，珍珠都被戳爛了卻仍舊留在杯底。

隱隱約約，似乎看見阿姨手中的竹籤子，尖端沾黏著不同於籤子本身鵝白色的漬跡，阿姨說大致上都好了，我的耳內很是乾淨，沒清出什麼耳垢。

時間只過了三分鐘，我卻覺得像過了一輩子那樣久。

我不知道自己如何回到家，平時母親從不准我們盆浴，待醒神時，發現自己站在滿水位的浴缸前，手裡握著小黑夾，只聽見耳內「匡瑯」、「匡瑯」規律地敲打著，我聽不見水流動的聲音、聽不見拖鞋在濡濕的地板上「啪搭」、「啪搭」的拖拉聲、聽不見抽風機在隆隆作響，我甚至聽不見心跳，但我確切感受到恐懼，一定有甚麼跑進耳朵裡了，它們在啃噬、破壞，它們在施工、築堡壘，聽說水可以帶走一切髒汙，我想泡在水裡，把裡頭的怪物都泡軟，再請母親用小黑夾將其盡數取出。

幾乎在瞬間，我自空想中驚醒，慌忙拉開橡皮水塞，滿缸子水緩緩消退，我盯著他們流逝，身子有些疲軟，匆匆沐浴完畢，腦袋仍沉沉的，連呼出的空氣都有些辣燙，走至母親的臥房，熟悉的安全感包圍著我，聲響漸次沉寂下來，枕著這份安定逐漸睡去。

朦朧中有隻冰涼的手撫過額間，恍若陷進另一個更柔軟、深層的膜裡，純淨而無雜質。

「妹妹」、「妹妹……」

誰在叫我？聲音好匆促，好憂傷，勉力睜開眼，第一眼不是看見什麼而是聞到陣陣刺鼻藥水味。

原來我枕在母親的懷裡，斷續有些輕微發燒。母親焦急地將我送至醫院，候診中她不斷用冰涼的手撫摸額頭，鑽心的刺痛隨著清醒逐漸壯大起來，我咬牙，約莫等了十分鐘，她抱著我走進診間，我告訴醫生耳朵有奇怪的聲音，全身很冷，有痛感但不知是哪裡痛。

「是急性中耳炎，耳朵裡積了血塊必須取出。」醫生不疾不徐地說。

從此以後，母親就再也不用小黑夾替我掏耳朵了。出院後我老向她抱怨耳內不乾淨，每當腦袋左右傾斜時總有物體碰撞的匡啷聲，但她堅持耳內穢物可以自動排出，甚至在我提出自己掏耳時，語重心長說了我一頓，小黑夾自此束之高閣，輾轉搬家就不見了蹤影。

後來我們搬到醫院後方的社區，租了一間店面做起小吃生意，我卻怎麼也記不起水果攤阿姨了，只能勉強記住棕色波浪捲髮，她的右臉有沒有痣？手上有沒有胎記？竹籤子上沾黏的是甚麼？全部都只剩下印象。

母親並不知道我有用手撓耳朵的習慣，小指過粗因此只能在耳廓徘徊，有時裡頭積垢成塊，一些沒有空間寄居的耳垢隨著敞開的洞門踉蹌跌出，我便有一刻短暫的滿足，彷彿回到第一次母親為我掏耳朵，有著隔靴卻精準搔著癢處的快意。

拿起電話撥給母親，正是冬至的前三天。

「要不要買些水果回去？」我說。

其實聲響出現的頻率已不若從前，只有在極其疲累或溫差極大時突發，也許是為了提醒著一種不安與安全感的危險平衡，我拉拉耳垂、拍拍耳匡，將收拾好的行囊提起，耳內「匡瑯」、「匡瑯」的聲音漸行漸遠，伴隨規律的腳步一同步出門外。

貳獎

姨

中文四　李東龍

他和姨一起工作。

應該說，他在姨的攤子裡幫忙，從他有記憶之始。

傍晚五點，通常天還未暗，幾台貨車忙著駛進空地，用鐵網圍著的兩個方形，從前是苗栗數一數二的大夜市，每周六固定在這裡擺攤，姨賣臭豆腐和蚵仔煎，配上魚丸、貢丸湯，一賣就大半輩子。

剛入夜，人稀稀落落，大多是下班後順路買晚餐的上班族，或穿著制服剛上完輔導課的學生。他們沒有笑容，也許是整天的疲憊，無暇閒逛，早在腦中想好晚餐，直達攤位後打包帶走。

那是他的童年，生意鼎盛的時候人手尚多。姨丈還在，兩個表姊還是學生，加上表哥和他，勉強算五個人半。國小的他只負責打雜，把客人吃完的盤子收拾乾淨，橢圓形的塑膠盤外套著一層半斤透明袋，他得把透明袋一個個抽掉，讓上頭的醬汁混雜著食物碎渣丟進大黑垃圾袋，然後拿一條茶色抹布擦拭桌子，重複著簡單又貧乏的工作。

其實夜市的工作是分配好的，像某種不成文的規定。姨煎蚵仔，姨丈炸另一邊的臭豆腐，其他人或端盤或送菜或盛湯，一個家庭組織一個攤位。

招牌與燈泡籠罩著夜晚，整個夜市像極了溫室，快炒與牛排的煙硝在光線中形成一團濃霧。他也忘了哪時從打雜變成現在這樣，也許是升大學的那個暑假。只記得長大後他開始負責盛湯，把四粒丸子放進保麗龍碗，裝滿湯頭後灑上胡椒和香菜，小心翼翼地捧到客人面前。

然後一下子就跳到現在。八點一到，人潮逐漸湧進，他站在熱鍋前架式十足，面戴口罩頭頂帽子，胸前還掛著圍裙。把臭豆腐一塊塊從盒子裡撈起，浸泡在豆黃色汁液的方塊，據說是加了某種菌讓豆腐發酵，發出濃郁的味道，越臭越好，他聽人家這樣說。

撈好的豆腐要先放入第一鍋油中炸，姨說是要讓豆腐由裡至外炸透，慘白色乾癟臭豆腐在澄澄油光中膨脹，色澤也由白轉黃，他看著不斷冒泡的油鍋，猛然想起也曾站在這位置的姨丈。

他對姨丈的印象始終停在那隻手，右手食指缺了一截，暴露在外的是嫩皮包裹著骨狀，總讓他聯想到對面那家乾滷味，一隻五塊的雞爪張牙著爬滿鐵盤。他無法想像姨丈拿著夾子翻炸豆腐的模樣，本來應該笨拙的動作卻異常輕快，要花幾年積累的熟練。

而他聽姨說，姨丈的手指，是某次炸鍋中不慎誤觸滾油，連皮帶骨炸得血肉模糊，他無法想像那模樣，也許太過誇大，他也只是聽說。

第一鍋炸好後，得一次把所有豆腐移到第二鍋再炸，前鍋油溫稍低，後鍋才是滾燙熱油。為了達到外酥內軟的口感，分兩鍋炸是必須。豆腐在鍋中迅速轉為金黃，通常這時候時間最難抓，太短不夠酥、太久又過老。

剛開始的時候，他得大聲問姨何時撈起，可是姨忙著顧蚵仔煎，後來索性自己判斷，他通常會在心中默數一分鐘，看著油鍋從翻騰到平靜，大概是水分炸乾了，這時他會把近乎爆裂的臭豆腐夾起，用剪刀劃個十字，裝到盤中，淋上烏黑醬油、白醋和香油，最後在上面鋪滿泡菜。

他也很想細心的盛盤，像布置一件藝術品，但往往兵荒馬亂。

在夜市賣吃的，講究的是便宜和快速，尤其是傳統夜市，來的客人不管賣相，他們只要快，最好是一點完馬上就有東西出現在他桌上。內用的還好，外帶的更要求，彷彿多一分鐘都不可。你若讓他等了，很好，先是臭臉後是相應不理，問他要不要辣回答得意興闌珊，他可以忽略你，但你絕不能遺忘他。

他還遇過潑辣一點的客人，三分鐘未打包好交到他手上，先是一陣謾罵後直接掉頭走人，留下一臉尷尬。

但他總笑顏賠罪，他相信伸手不打笑臉人。就像每次找錯錢算錯帳，他會匆忙慌張的跑到客人面前連聲抱歉，彎曲身體鞠躬，通紅的，濡熱的汗水滴到地板，然後瞬間蒸發，像蒸籠裡的蝦。

他其實只是想要趕快度過今晚，洗去油膩又疲累的身體。

夜市人多的時候，總是記不得誰先來誰後到，哪個人要三份內用哪個人要一份外帶。他一直想問姨是如何記住這些陌生的長相，就像姨如何記住姨丈的面容。在他走了好多年之後。

姨丈走的突然，突然中風突然送醫突然躺進棺材。姨總罵他無良，自己瀟灑卻留下一屁股債，房子車子貸款還有小孩要養。

但她還是相信姨丈成仙去了，還讓人做了尊神像供奉在自家香壇。早晚各拜一次，內容不外乎保佑子女成家立業賺大錢，債務還完早點退休。一直到房貸繳不出來房子被賣，姨還是帶著家裡的神像到另一個地方，早晚一支香。和丈夫一起住了三十幾年的房子，她一坑不響的賣了，然後在郊區租了一間老房子，陳舊而充滿霉味，她清算著這樣可以存下一筆錢，多少？姨搖頭不願多說。

諷刺的是，表哥表姊都沒有完成姨的期待。大表姊離婚帶著一個孩子獨自在台北生活；二表姊未婚懷孕生下一個女孩據說男方還是有婦之夫；而那血氣方剛的表哥，差點混入黑幫至今單身未娶。

他因此很少表哥表姊在夜市幫忙的記憶，但他永遠記得那多彩的氣球。在他小時候，夜市正流行一種抓氣球的遊戲，數十顆小汽球在網狀空間上來回跳躍滾動，機器不斷打出空氣讓氣球奔騰，他把小手伸進機器中，想辦法抓到一顆氣球，氣球尾端綁著一張字條，字條上的數字對應千百種玩具，他還記得那時夢想抽到的是一隻老鷹玩偶。

通常是表姊帶他去玩，在比較不忙的時候。他知道，每週的抓氣球成為他兒時願意來夜市幫忙的原因。

就像現在每週的報酬。

也許是姨看出了他的猶豫。確實，上大學後他對於「幫忙」顯得不耐煩，夜市的吵雜和油膩讓他感到壓迫，來回的銅臭和油鍋的汙垢混雜，他全身都不舒服，就算來夜市之前已經的洗過澡，宛若儀式般淨身。結束後的十一點，他總得在浴室花上整整半小時，耗掉大量泡沫把身上的味道清除。

他開始厭惡這種味道，姨身上總有的味道。

可是姨需要人幫忙，姨丈走後表哥表姊又在外工作，這種晚上連續五小時不停歇的夜市很難找到工讀。於是姨開始偷塞錢給他，在忙了一整晚後，他準備騎車回家，姨總會脫下圍裙叫住他，伸手往錢筒裡摸了五百塊塞到他手裡。

剛開始他不知所措，畢竟幫忙了十幾年第一次拿到錢，他興奮又高興，五百塊對學生來說不是小數字，他可以買一件衣服或兩本書。但隨之而來的是羞愧，一種莫名的愧疚與歉意，他想把錢塞還給姨，卻聽到姨說：留著留著，總是會用到。

原來他也成了姨支出的一部分，從幫忙變成工作。

他想起上週偷聽到夜市負責人跟姨的對話，似乎是繳交攤位租金的問題。根本是坑人，一個月幾萬塊每周還要額外繳清潔費。但他知道這些人都是混黑的，惹不得，做夜市的若不是有黑道勢力保護誰還做得下去，三兩天就有人來鬧場，他想，這就是所謂的黑吃黑。

姨其實是對他好的，畢竟在母輩那邊，他算是學歷較高的一份子，其實也不過是國立大學，但他知道姨感到驕傲。有一段時間他也這樣想，他是知識分子，在母輩的眼裡，他聽話又聰明，他們始終深信讀書能爬至社會頂層，當個老師也好，像他母親。

所以他從沒有聽過姨罵他，姨罵兒子罵女兒罵隔壁鄰居的小孩罵天罵地，就是不罵他。可是姨也無法和他談話。

大多時候，他拿著一本書，在吵雜的家庭聚會，姨和其他人聊天，講農事講菜價講她日漸黯淡的夜市生意。他被隔離在自己的空間，用一本偉大的閒書，他想切斷自己和母輩慘淡的歷史。他其實都聽著，母輩們講的客語自亙古而來，幽幽的，來血液深處。偶爾他會插上兩句話，不太重要，也許是想提起一些話題，他努力擠出幾個字，拼湊有限的詞彙，破爛的怪異腔調，卻又在出口的剎那感到羞愧。

他不像他的表兄弟姊妹，說得一口流利客語，他在客家庄長大，小時候的週末都在鄉野田埂中跑跳度過，但他不會講客語，他覺得這裡是他的鄉他的根他的童年。

但他始終不是客家人。長大後他也刻意隱藏自己的童年，偽裝成都市長大的小孩，他說他是台中人但他的生活圈永遠只在住家附近。他小時候沒吃過麥當勞也不曾有過新奇的玩具，他幻想那些兒童廚具組、變形金剛或電動四驅車，但這些都不再他記憶裡。當他的同學取笑他嬌生慣養，他只是笑，他知道某部分的自己還是顯得格格不入，對那些真正的都市人來說。

有時候他會很慶幸，披上圍巾戴了口罩後，他不再被認出，他可以穿得邋遢，而變成另一種身分，一個賣臭豆腐的老闆。

終於有了位置。

姨和他兩個人忙到十一點，直到夜市人潮不再，回到零星的散客。幾間攤販已經收攤準備回家，貨車又駛入廣場空地，燈光忽明忽暗，夜晚才要開始。他看著姨一個人把東西收拾上車，一台貨車東疊西放也裝進了所有東西。只是每個器具都有專門的位置，亂了就放不下，他做了幾十年就是學不會最後的收拾。

姨的頭髮因為長年沾油而稀疏，標準中年婦女發福的身軀，緩慢的縮進駕駛座，姨丈死後她自己一個人去學開貨車，為了生活。

他騎車離去的時候進了一家超商，買了瓶水，他看得見店員對他渾身臭味的不耐，油膩的臭豆腐味。

坐在騎樓他喝了一口水，右手不自覺伸進口袋，鼓鼓的，很重也很沉。

參獎

父親

社工一　曹文馨

白色的天花板、粉色的簾幕、牆壁上一排的插孔、陪夜的家屬休息床、瀰漫在空氣中的消毒水氣味……走進病房，病床上的患者或安靜沉睡、或半臥休憩，病床靠窗的則是沉默地望著窗外——麻雀啁啾飛過天際，幾抹流雲好似靜止不動地綴著蒼穹。

十月份的下午，陽光溫煦，暖暖地透進病房，柔和了空調的冷寂，然而這份暖意卻怎麼也溫暖不了病人的心房。我拉開簾幕，父親正熟睡，因工作而曝曬得黝黑的臉孔不見一絲病患虛弱的蒼白，但顴骨的突出殘忍地顯現他身體的瘦削。即使已經見過好幾次父親的病容，我依舊不忍卒睹，心底的某個角落總是隱隱作痛。這份痛觸動了淚腺，泛淚的眼角，哭紅了鼻子。強忍著哭聲，轉身去了洗手間整理儀容——拼命用冷水洗臉，冷靜我激動的情緒；試著牽動嘴角的肌肉，在腦海裡不斷想像平常與父親的相處情形——我必須是原來的自己。

去醫院探視父親的時候，多半都是我在自言自語。失去自主呼吸功能的父親必須依靠氣切手術後、安插在喉嚨上的管子，讓機器輔助呼吸，也因此不能開口說話。當我回到病房，父親正好悠悠轉醒。我先打了招呼，然後坐在病床邊的鐵椅上，盡量保持愉快地分享這一個禮拜以來所發生的事。父親努力支撐著意識，全神貫注地聆聽我的一言一語。過程中，他緩緩探出棉被下骨瘦如柴的手，輕微地動動手指，示意我握住。掌心感受到父親凝聚他一個禮拜以來休息儲備的所有力氣，慢慢地將五指收緊。此刻，我清楚感覺到他過去手指和手掌上的粗糙結繭消失了，柔軟的掌心像是他的脆弱，而他的這份脆弱彷彿是一把銳利無情的劍，惡狠狠地劃過我的胸膛，頓時感到呼吸困難，疼痛的淚水在眼眶打轉。

握手，是他僅能以自己的力量和我接觸的動作。

探視的時候免不了遇到需要抽痰的情況。眼見父親因喉嚨的痰太多而露出痛苦神色，我立即走出病房，霎時映入眼簾的牆壁粉刷成聖潔的純白或柔嫩的粉紅——醫院裡的油漆顏色總是清一色的淺色系——佈告欄上貼著反菸酒的海報、健康講座的廣告、病患家屬須知……我都已經熟稔到能夠默背出來了。走廊兩側的病房各自傳出一些窸窸窣窣的聲響，護理站的護士們或低頭抄寫、或回應病患家屬的需求。其中一個護士見到我招手，親切地走過來詢問我需要什麼幫忙。

「我爸爸要抽痰。」

護士點點頭，告訴我她等一下會過來。

推著放滿了各式醫療用品的推車進來後，護士先戴上醫用手套，將一根透明細長的抽痰管以手指捲曲纏繞的方式抽出，然後再把抽痰管連接頭接上抽痰機的橡皮管，調整好抽痰機的壓力大小後，會先抽生理食鹽水濕潤管子並測試負壓大小，再將管子從氣切口放入至胸腔的適當深度，控制壓力閥，以右手轉動抽痰管進行間歇抽痰。父親緊皺著眉宇，胸膛隨著抽痰過程而跳動，我強逼自己不轉過頭無視這一切，怕自己一旦別開臉，父親會感到更難受。病人敏感脆弱的心理，在這段時間當中，我有深刻的體會。

抽過痰後，父親的臉色看上去更顯憔悴，透著疲憊。我動作輕巧地為他蓋好棉被，他因病折磨而瘦削、佈滿皺紋的眼皮緩緩闔上。我怕吵醒他，因此連呼吸都變得輕淺。呆坐在椅子上，或許是不知道該做些什麼，也或許是我需要一點時間重新整理自己的心情。原本安靜的病房更顯死寂，猶如微亮的蠟燭一瞬間失去光芒，所有人都墮入黑洞般幽深的黑暗。病房裡的寂靜不同於護理站忙碌的靜謐，彷彿是一座結界，與這世界隔絕而自成一個獨立的空間。不知為何，我感到有些窒息——透進病房的陽光消失了，肌膚畏冷地發抖，竄入鼻尖的消毒水味濃厚得有些嗆人，點滴瓶發出滴答滴答的聲響，幽幽地迴盪在空氣之中……我像是另一個世界的人，用盡全力也無法融入這空間。

總覺得病人的睡容不能稱之為安詳……至少對父親而言是如此，像是做了惡夢皺縮著臉，甚至會不安地扭動身體。要不是因為氣切，大概還會發出含糊不清的夢囈吧！生病對於病患和家屬而言，都是一種生理和心理的考驗。雖然感覺很惡毒也很不孝順，但腦海真的曾經浮現過「希望父親可以就這麼走了」的想法。站在家屬的立場，理所當然地希望病人可以延續生命；然而對於曾經進入加護病房探望父親的我而言，當下會認為那是一種折磨的持續。我依然記得他瘦削到皮包骨的模樣，甚至我的手可以直接圈住他的小腿脛骨，而沒有一點肌肉的觸感。那種感受清晰地刻畫在掌心，就像午夜夢迴，不時惡意地侵入我的思緒，低落我的情緒。

或許，死亡對於病患而言，是一種解脫。

然而此刻，我卻又慶幸父親度過了那段危險期。這算不算是一種自相矛盾的想法呢？畢竟看見父親轉入普通病房時，我彷彿看到發出微弱光亮的希望。

內心滿滿的不捨與眷戀讓我有些顫抖，它們一齊大吼著：「我想看到父親康復的模樣！」因為他還不知道我會上哪所大學哪個科系、他還沒來看過我社團的戲劇演出、我們還有第二張全家福要拍、失戀的眼淚想要他為我擦拭、因徬徨而無助的時候想要依靠著他的肩膀、還想要他牽著我的手帶我走過紅毯、更想要他繼續參與我的人生……而且我還有很多很多話還沒告訴他，很想跟他說一句十八年來從沒對他說過的話：「爸，我愛你！」

並不是很相信奇蹟的存在，但我閉上眼，無比虔誠地祈禱。

感覺到陽光又暖暖地照了進來，整間病房沐浴在陽光的芬芳之中，宛如置身聖地。醫院消毒水的味道淡了不少，點滴瓶的滴答聲聽起來像是愉悅的歌唱，壓迫窒息的感受消失無蹤……我緩緩地微笑。

或許，康復對於家屬而言，是一種救贖。

陪伴父親直到下午五點的晚餐時間，用鼻胃管餵食完醫院配給的營養牛奶後，我依照慣例，輕輕地給了他一個擁抱。感覺手臂圈住的身體似乎比之前多了一點點的豐腴，我不自覺地抱得更緊些、更久些。

「我下禮拜再來看你喔！」

走出醫院，落日的光芒意外地有些刺眼，暖和的感受竟然有種灼燒的錯覺。微風輕拂過臉頰，在秋風中嗅到一點青草香和花香，搖曳的樹梢散發蓬勃的生命力，天空是平靜的蔚藍雜染著夕陽燃燒般的橘紅；這是稀鬆平常的落日景象。

我的眼角有些濕潤。

未來某天，一定能夠和父親一起並肩走出醫院，親眼見識這景色吧！

佳作

我的表弟叫明哲

中文五　王牧民

偶然在第四台，轉到《我的名字叫可汗》這部印度電影，早已聽聞過它獲得如浪潮般的好評，就放下遙控器順著看下去。

電影主軸是說主角可汗，一個患有亞斯伯格症的穆斯林，在911事件後，伊斯蘭教徒受到大眾普遍的害怕和歧視，甚至使可汗的兒子都被打死。身處在其他族群激烈的偏見下，可汗出走去尋找美國總統，不斷努力要去向人民聲明、辯護，告訴大家，我叫作可汗，我不是恐怖份子。

當然這本身是部很好看的電影，不過對這種電影的影評都免不了在一些主義上作評判，我想就在「很好看」這裡打住吧。這部片帶給我很多想法，電影除了本身令你感動，很多時候更會使人心裡產生悸動，因為它能跟你的生活經驗連結在一起，我比較在意的，是「亞斯伯格症」這幾個字。

電影的主角「可汗」，是亞斯伯格症患者，這種病患屬於泛自閉症中的一群。那麼，這種一看從小到大生活定然多災多難的角色，讓我聯想到了自己生命中的什麼呢？

我想到了舅舅的兒子，也就是我表弟，他的名字叫「明哲」。他出生後幾年被察覺有異狀，而症狀跟可汗相比，應同算是自閉症一類；但細分下，他跟可汗完全是背道而馳。明哲準確的歸類是：遲緩兒。

其實也忘了最初的情況，我高中時明哲才三歲，看他就只感覺是個小嬰孩，所做的一切舉動都會讓周遭大人猛誇「好棒，好棒」，沒發現什麼異狀。可不久之後，舅舅發現他們所誇讚明哲做出的「好棒」行為，重複次數太高了。明哲幾乎沒再做出其它能讓長輩說「好棒」的事，一個三歲以上的男童似乎不該依然只會叫「爸爸、媽媽」。

接下來，就如同許多的小說、電影、連續劇中，那些族繁不及備載的例子：先到了醫院檢查，得知那無法令人承受的結果；然後跑了更多的醫院，悲痛的接受事實；再跑了所有可能有治療機會的醫院去尋求孩子得以痊癒；最後，接受。

現在的醫療技術並不能完全根治自閉症，連自閉症的發生原因都還是一知半解。

明哲在幾年過去後，漸漸胖了。即使知道孩子是遲緩兒，父母依然都希望自己小孩能夠就讀正常人的學校。小孩子都需要有「朋友」。也許就是為了這個吧，因為表弟不能做、也不會做太多事，他沒有朋友；沒有朋友就難有戶外生活，於是他的朋友就是電視，和舅舅怕他餓著所提供源源不絕的食物。是故發胖的結果是理所當然，不過才幼稚園就已挺著彷彿懷胎六月的大肚子，嘴上總掛條口水痕，整天所發出的聲音都是「啊～嘟～嘎～咿～哈～」，很難有孩子願意跟他親近。但在舅舅、舅媽誠心且強力的懇求，加上外公運用的人脈，明哲還是成功被送進了與一般小孩在同班的普通幼稚園。

其實舅舅在之後還有添了個女兒，是在明哲出生兩年後來到舅舅家的。在表妹出生之前，大家雖然避免尷尬沒提，但都很緊張。只是不管再怎麼擔憂也一定不及舅舅和舅媽他們內心的害怕，就像在棒球場的觀眾，對每個揮棒或是投球都屏息以待，但承擔巨大壓力的畢竟還是球員。幸運的是，表妹相當正常。現在已經上小學了。

不知道你們有沒有看過《爸爸，我們去哪裡？》這本書，這是一個叫做尚路易．傅尼葉的法國作家寫給他孩子的長信。他有過兩個兒子，且兩個兒子都是智障兒。我看完了這本書後，再想到舅舅。

我覺得舅舅很勇敢。

舅舅他們是和弟弟小舅，還有外公外婆生活在一起的大家庭，小舅比舅舅早結婚，下面已經有三個千金，加上明哲和表妹。每當我回去，這群天使外表的小惡魔總很開心，因為我這個大表哥會跟他們玩風車（抱起來轉圈圈）、飛高高（顧名思義）的遊戲，玩到後面幾個小鬼頭就是猛湊在我身旁狂喊著「再一次！再一次！」直到我筋疲力盡的用尿遁躲起來，完全在自作自受。

明哲也很喜歡這些遊戲，每次我抱起他來就「咿嘻嘻」的猛笑。只是一年一年過去，他真的變太胖了，我一個瘦弱高中生已經舉不起他，有次我抓著小舅的千金們在轉，他到我身旁「咿嘻咿嘻」，我說：「吼，沒法度，你太重啦！」明哲突然面無表情，駐足一會兒後跑去看電視，之後再也沒有要求我抱起他。

也是在那之後，沒辦法與他像從前親近了，我還是孩子王，但他不再追隨我了。

明哲有個很大的興趣是看錄影帶，不是卡通或電視劇，是那種八零年代的卡拉ＯＫ伴唱帶。外婆家裡有台年齡破十的卡拉ＯＫ，那些錄影帶都是購買時額外添購的，明哲五歲後，有天聽到外公放了伴唱帶在唱，突然如癡如狂，熱烈愛上了螢幕裡穿著花花綠綠舞台裝的歌星舞群，初期沉迷的時候甚至除了睡覺都盯著電視，而且是不斷重播的盯，盯到舅舅都有點擔心這是不是明哲腦袋又發生什麼狀況了，但又顧慮明哲已經沒什麼興趣，不好制止，剝奪他的快樂。醫生後來說無妨，只是要注意視力，舅舅才放下心。

可是這種伴唱帶對年輕一輩來說其實非常無聊，不同於老電影，那是早已過時而且沒興趣探究的影像，就如同對老舊電子花車經過對街時不屑一顧般。每當我們回到外婆家，在外婆那的客廳（兩個舅舅跟外公外婆是比鄰而居）一邊喝茶一邊看著綜藝節目或肥皂劇，明哲就會喜孜孜的跑到這個比較熱鬧的空間，在眾人面前要放他的卡拉ＯＫ伴唱帶。大家一開始還會因為明哲的症狀由著他去，但媽媽和我們幾個小孩是客人就罷，之後連外公外婆也開始有些不耐煩（大概因為重播太多次了），舅舅亦教訓明哲「不禮貌」的阻止他再放。然而明哲不屈不撓，甚至不給放就哭鬧起來，我們就轉而採遁走戰術，當明哲跑來要放錄影帶的時候，大夥兒就屁股拍拍端著茶具到外頭泡茶聊天吹涼風。有次大家又重複了這種模式，我有點尿意，便往外婆客廳旁邊的廁所去，經過客廳，看到明哲靜靜坐著看電視，他很專注，默默無語，在我經過時都沒移瞄一眼

某天明哲偶然放映了一捲特殊的伴唱帶，電視中赫然出現王彩樺，而且是個十幾歲的青澀小女孩樣！大家都很驚喜，興味盎然一同觀賞。明哲看到眾人全盯向電視，非常高興，「咿嘻嘻」個沒完，流出來的口水都快把下巴淹掉了。但新鮮感轉瞬便過，舅舅又拎著茶具出去了，大傢夥一個一個往外走，明哲轉過頭，在每個人身上都停留一陣目光。些微的歉意使然，我最後一個才走，離開前，我到明哲身邊搔搔他的頭髮，要他一起出去。他盯著大門好一會兒，把視線轉回到電視上，不再有什麼動作。

前面提到舅舅會教訓明哲，這是後來我們私底下都很讚揚舅舅的一點。舅舅雖然接受了自己的兒子是遲緩兒，還是很要求他要有一般人的禮貌和儀態，舅媽、小舅和外公外婆，時常都會母雞護小雞似的跑出來阻攔遮擋，不讓舅舅責罵明哲，認為太過苛求。但舅舅也曾生氣質問：「因為他學得比別人慢，我就可以讓他沒家教嗎？」然後還是強硬的把明哲拖出來教訓。因而明哲日後除了改不掉的流口水習慣，行為舉止還是能把他歸類到乖小孩一方的。

提到舅舅，來說說我跟舅舅的關係。舅舅跟我的感情也很好，他非常愛我，我媽，也就是他大姊，是外婆家裡第一個結婚的。所以當我出生，而且大家知道是男孩時，外婆那邊幾乎都快瘋狂了，媽媽在坐月子那陣子，飲食之豐盛幾乎到浪費。後來據說我還窩在襁褓裡的那段期間，每次媽媽回娘家，我就跟坐旋轉木馬一樣的在外公、外婆、阿姨、舅舅、小舅，外婆的鄰居們手裡不斷穿梭，連晚上洗澡兩個舅舅都不惜大打出手爭著要幫我洗。

即使日子過去，我長大了，表弟明哲也出生了，舅舅依然相當疼愛我，逢年過節有紅包禮物的，總是少不了我這份。

他會這麼疼我，也是因為他真的很想要一個兒子。

於是他的兒子出生了，但……

舅舅還是相當爽朗，不吝表現他開心果的個性，只是在明哲面前，嚴肅管教時，偶爾會出現失去耐心的煩躁。

外公也是相當疼愛我，傳統的觀念，男丁總令老人家欣喜不已。我的妹妹和表妹們，相對的有時就會受到冷落，因而常有些怨言，甚至與老人家產生距離。

明哲的症狀逐漸明顯後，外公在他身上灌注的愛似乎卻更深了。

聽我媽說，有一次明哲闖禍了，舅舅要教訓他，外公卻死命袒護，擋著讓明哲免去一場皮肉災，之後又帶著明哲去買糖買玩具。明哲回家，眉開眼笑的含著糖把玩塑膠模型，舅舅看到後相當生氣，拖著明哲去跟外公喊：「你這樣會寵壞他！」

外公一把將明哲拉到懷裡，更大聲的嗆回去：「他已經少人家那麼多東西，我想補給他多一點都不行嗎？」

舅舅原本氣到快變青面獠牙，聽到這句質問卻回不上話，只是默默站著，剩一張像血液乾掉後，漲得暗紅色的臉。

後來，舅媽跟我媽說舅舅晚上哭了很久。

明哲要幼稚園畢業了，慣例會有個小朋友們的畢業公演，那天我跟妹妹正好給媽媽領著回外婆家，舅舅跟舅媽問要不要一起去看明哲表演，我們都欣然的跟去觀賞。

舞台上，明哲穿著一身大樹幹裝，手舉兩片葉子，好多小朋友都各自為自己的角色在他身邊奔跑穿梭，明哲則是在台上傻笑了整場戲。

散場後，明哲身上的大樹裝還沒卸下，搖搖擺擺的從舞台上走下來，舅舅大步走上前，一把抱住明哲，搓搓他的頭說：「好棒喔！我兒子怎麼那麼會演！」舅媽開心的猛拍照，然後興沖沖的遞過相機給我們，把舅舅、明哲和表妹全抓來聚攏一束，抱在一塊，要我們幫忙拍張全家福。照片裡頭，舅舅、舅媽一左一右，前面是表妹，他們圍繞著一棵流著口水的大樹，但包含大樹的每個人，笑容都跟大樹身上的枝葉一樣茂盛。

之後，明哲就去上啟聰學校了。

電影裡面，可汗一開始也許是過得不甚順遂，但我完全沒辦法可憐他。亞斯伯格症患者，是自閉兒，也是天才。天才，是會被喜愛，是會被原諒的。我的表弟只是個遲緩兒。

幾年過後，高中大學都忙著在外頭遊晃，跟外婆家的接觸就少了些，每當久久見到明哲一次都會覺得他身上有些地方明顯改變。而前一陣子，因為想起好久沒看到外公外婆了，就一個人騎車去探望。舅舅正好也在家，他不久前改行當了農夫在種小番茄，晚點要運水箱去澆水。在等加水的期間，我們端了茶具到外頭，外公、外婆、舅舅、我，吹著涼風，一同坐下來聊了幾句。明哲這個時候從隔壁跑出來，變得很高！目測應該是一百七以上，而且以他的年紀，未來超過一百八應該沒問題。多觀察了一下，整個人乾淨了，穿著整齊，嘴巴上不再總是掛條口水痕，俐落的小平頭看了很是清爽。他對我笑笑，就跑去跟外公說話。疑惑的是，明哲講話的口音聽起來感覺很清楚，像是明確的在說些什麼，可是就算仔細聽還是聽不懂。外公一臉慈祥的把他抓到懷裡搖來搖去，那畫面其實很有趣，外公不高，加上老了倒縮，應該是不到一百六，因為身高上的差距，矮小的外公看起來反而像是在高壯的明哲背後撒嬌。不過更令我在意的，他們兩人居然完全對答如流！

我保持若無其事的樣子，幫舅舅斟滿了茶，小小試探的問：「阿舅，你有想好以後要讓明哲做什麼嗎？」對遲緩兒未來發展了解的淺薄，讓我只想得到做麵包。

「跟著我一起採水果啊。」

舅舅拿起一顆小番茄轉身塞到明哲嘴裡，然後伸手撥亂他的頭髮。明哲安順躺在外公懷中，「咿嘻嘻」的笑著。

佳作

找頭路

中文二　鄭佩珊

假日的早晨，天氣正好，窗外的鳥叫聲與我家鳥籠子的鳥兒相互唱和，嘰嘰喳喳聲打擾了我的清夢，但無妨，因為我早該起床梳洗準備吃完早餐了。爬起床走出臥房到客廳，爸爸已經為女兒買好早餐在桌上，手上翻著聯合報、中國時報，戴起老花眼鏡專注於字裡行間，平常很少讀報的爸爸在此時看起來很不一樣，我習慣見到的是那雙眼睛緊盯在電視機前，因為當不太識字的爸爸想知道新聞時可利用電視的聲音訊息傳達，所以讀報是非常稀奇的事，通常他會買報也是給女兒讀的。爸爸發現我起床，放下手邊的報紙說：「珊珊起床了喔，快吃早餐，爸爸幫妳買薯餅蛋餅還有豆漿喔！另外一份是妹妹的，快叫妳妹妹起床一起吃喔！」看到爸爸殷勤地為女兒準備早餐，我真的覺得自己是全世界最幸福的孩子。

自從媽媽的離開，一位單親爸爸辛苦地撐起這個家庭，努力賺錢養活兩位女兒，爸爸常常對著我們說：「我們要相依為命，妳們是我的依靠，長大後要賺錢養爸爸嘿！」家人之間都有意識要愛護彼此，我們彷彿是生命共同體。

我邊吃早餐邊問爸爸：「爸爸你幹嘛翻報紙呀？還戴眼鏡那麼認真讀，很久沒看到你這樣了欸！是在看什麼呀？」沒想到我這麼一問，見到的是爸爸眉頭深鎖的表情，他說：「時機不好，我的工作歹做，老闆常常大聲吼叫我們這些員工，拚死拚活看老闆臉色吃飯，好好地做也會被罵得灰頭土臉，我們又沒欠他，大家都不想幹要走人了啦！」看著他愈說愈氣憤，眼睛不斷在報紙的找工作版上游移，拿支筆作記號，若遇到不認識的字還會叫我教他，還說：「為了養活我的女兒，我一定要趕緊找到頭路，現在這工作不能待了！」我很心疼很感慨，什麼都不想說只有一頭栽進報紙堆裡，邊翻邊跟爸爸討論有什麼是他適合的工作，做記號、聯絡雇主、抄住址，還有打開電腦搜尋各家求職網，抄寫些許有可能的工作機會給爸爸參考。報紙、網站大概蒐羅得差不多後，爸爸即興地說：「珊珊，陪爸爸出門找頭路，走。」我答應：「我們走吧！」

爸爸騎著野狼機車，我們穿梭在新北市或台北市的大街小巷，訪視一間又一間的工廠，藍領階級的工作環境充滿烏煙瘴氣，工人各個汗水淋漓地操作機器，爸爸走進工廠辦公室面試，我在外頭觀看一幕幕為生計奮鬥的畫面，黝黑的肌膚、壯碩的手臂、衣背留下汗水淋濕的痕跡，還有一對對堅定而刻苦耐勞的眼神，這些工人無論是什麼原因來到這兒做如此艱苦的工作，唯一確信的是如同爸爸的想法，為了養活孩子、家人或者是自己，這時我的眼眶不禁泛淚，因為工廠裡頭的工人並不陌生，他們各個都是平日我所未見的爸爸工作畫面呀！此時這只不過是爸爸艱辛背後的縮影，當我每天輕鬆簡單地去上學，爸爸卻辛勞地投入工作，為了家庭辛苦打拚，而我回家時卻像不懂人間疾苦的愚昧孩子嚷嚷著說：「好煩喔！功課好多！考試好難！好累不想讀了啦！」我真該反省當我在說這些話時爸爸的心會很受傷，他努力賺錢供我讀書卻換來我無理取鬧的回應。原來，讀書是多麼幸福的一件事，安穩地坐在教室聽老師授課，不用過著承擔經濟壓力、在外頭承受日曬雨淋的工人生活，爸爸多麼希望回去童年時光，穿著制服的孩子是他。

爸爸走出辦公室，他的臉部表情不帶有任何情緒，只是說：「我們走吧，再去別間看看。」我們邊騎車邊聊剛剛的面試情形，爸爸無奈地說：「我老了，沒什麼頭家願意請我……。」當下我的心深深被衝擊到，瞭解到這殘酷的現實社會，既使再有能力的人終究會被自己的年紀所淘汰。其實我也不懂得要如何安慰爸爸比較好，只能陪著他到處找到處問，我們就像迷了路的孩子想要找到一個出口，而那出口就是工作機會，但想找到出口的代價就是跌跌撞撞，不過遇到瓶頸沒關係，我們深信老天會眷顧我們家，心中一直存在著一絲希望，不放棄地繼續找。

手中的紙條做滿了記號，紙上一間間的公司名字、地址、電話被我們劃掉，不是我們不要它們，而是我們被它們拒絕，找頭路令人身心疲憊，我們依然遊蕩在走不出的迷途中。當在近乎絕望之際，爸爸將陷入情緒深淵的我拉起，說了句：「我們去釣魚吧！」於是我們返家拿釣具，騎車前往淡水周邊的海域，到了海邊一陣清風吹襲肌膚，心情隨寬闊的海洋而開闊，有一種在廣闊的天地間，沒有我們無法容身之處，這世界隨時都有奇蹟發生，我們絕對有希望找到頭路，只是現在時機未到，再耐心地等等吧。轉眼間就看見爸爸在準備釣桿，仔細地調整釣魚線、掛上魚餌，他弄了好長一段時間才能夠順利抛起釣魚線，手持魚桿靜靜地佇立在石頭上，憔悴的臉、白髮蒼蒼、消瘦的身軀，無情的歲月痕跡在爸爸的體態上一覽無遺，還記得在媽媽離開前，爸爸有著圓潤的臉、白髮稀少、身材豐腴，經歷了喪妻之痛還要堅忍地扶養兩個女兒，為了我們這個家他付出了好多好多。我望著他、陪著他，雖然說不出「我愛你」，話總是哽在喉嚨，愛在心口難開，但我願意花上許多時間陪他走過他想走的路，不需太多言語的陪伴。

「珊珊妳來看！爸爸釣到一隻小魚了耶！」他興奮地呼叫我，我也很開心地拿起我們帶來的水藍色桶子走過去他那兒，踩著一塊又一塊的石頭去找爸爸，這樣的情境好像回到我小時候做的夢境，好模糊又好熟悉，但唯一確信的是我們是真實的存在且相互陪伴著對方。

佳作

味道的故事

外文二 李潔

媽媽喜歡老香水，經典淡茶香。蘋果綠打底，連價錢都剛好的平淡順暢。媽媽說：「每個人都該找適合形容自己的味道。」

小時候，化妝品專櫃賣成熟的味道。用力推進旋轉玻璃門，溽夏的燠熱、寒冬的失溫，嗅覺驕傲的說，我是忙碌與花俏的一種征服。漂亮的姐姐們眼睛好大，高度加上成熟是自信。靠近，幾公分是距離。屏住氣偷嚐每個妳和妳，香水調和氣質成最適合滲透精明幹練的味道，教育眼前的女孩，時間裡的自己。每個成熟的人都善於用氣味劃分各自的場域，創造出一個男人，或女人直接對世界表達的距離，友善的可以是花田沁洋，距離則似夜寐致命，在一個城市裡想要你，卻又不要你在我身上沾染氣息。那像動物一樣太直接，太俗氣，除非關係匪淺，否則是被禁止的。我告訴自己等我長大了，也要有屬於自己的味道。讓小朋友羨慕的味道。

可是，我一直不怎麼喜歡媽媽的香水，老得有灰塵霉味，強佔身體，細胞壞死在垂老的氣味中，讓鼻子都忘了怎麼過敏了！那是上教會或是參加婚禮才有的，一種儀式吧。香水的濃淡創造氛圍，表現天氣影響心情，是種用本能溝通的語言。氣味定位自己的年齡，稚嫩不適用於妖媚，老成也不會因為可愛而俏皮。或許香水賣的也是時間，用味道遮覆從前最驕傲自信的貌美，開始掩蓋器官壞死衰竭的狼狽，是很沮喪的。

我一直嘗試著找屬於自己的香水，想著怎麼長大，怎麼超齡的體驗青春。但是超齡很痛，痛到要親自用長了指甲的手指頭拔除自己和家人間的根，痛到指考成績出來，愣愣的，我連難過都聞不到了。那是低氣壓蔓延的季節，鋪天蓋地的考卷讓空氣很不流通。一反往常的，責備的頻率很低，天空太藍，日子甚至平淡的照三餐吃飯，好像沒有的事一樣。但是這都是房間外的生態，房間內的，是一堆發了臭、連自己都不懂的自責，很絕望的那種，感覺空氣是死的，生命都發霉了。19歲生日在妹妹的請求下，由媽媽載著一起去吃牛排。沿路上沒有祝福，短短三天，記憶在房間裡放空的空白，像斷了線一樣，我連本來繫著的藍圖是什麼，都不見了。

「考這種成績真是丟死人了！花這麼多錢在妳身上還不是浪費！」

「妳爸跟我都不知道要怎麼跟別人講，考這樣像話嗎？真是越想越氣！」

「怎麼想也想不到會這樣，難道妳自己都不覺得丟臉嗎？」

「閉嘴！」

接著，是連我自己都解釋不清楚的意志。行進中，車門一開，腳踩空，人連滾帶爬的，重重撞擊逸散著熱氣的柏油。記憶裡映入眼簾的，是對面機車騎士與小孩合不攏嘴的驚訝，世界很安靜。鄉土劇裡，演的都是真的。腳沒辦法站穩，在不住的旋轉中，我知道自己踏實的被世界用地心引力緊抓著。至少，青春的魯莽，為尊嚴找到耳根清靜的勇氣。在最熟悉的巷角，我受傷了。

從來沒想過，原來瀕臨崩潰的力量，這麼強大。原來，青春的本質，可以這麼勇敢，而媽媽，又可以這樣平淡的命令妹妹闔上車門，轉個彎，回家。

等到我有意識，有風吹過臉的溫熱、雙腳赤裸踩地的痛。手上拎著磨壞的鞋，我才發現自己可以用這樣的速度奔跑，逃離現場的狼狽。我躲到公寓外信箱下面，在熱得要命的氣溫裡打顫，更不堪的，是看到媽媽的車開進地下室，引擎隆隆，我像一個犯了錯下賤的小偷，竟然躲躲藏藏的用盡力氣再跑，一直跑，一直跑，好像偷了這一點時間，就可以期待會有人追上來，哭著告訴我別難過了，女兒，妳已經盡力。腦海裡的畫面太混亂，沿路上，我踩過一個乾掉的檳榔，嚇到很多機車騎士。最後，我跑到了家後面愛蘭台地的盡頭，選擇那個有小時候參加美化鄉土比賽、被鑲在水泥裡的馬賽克拼貼畫洗衣池，用最生氣的力量，哭盡我所有的委屈。

最令人氣憤的是，那天天氣好的無比，我看著天空從中午的靛藍，變成橘紅的黃昏，看著鷺鷥從這畦田到那畦田的優雅。混著堆肥，油綠的稻田，淡淡的野花香，很諷刺的，我被從前生活的一切緊擁著，而我也承認自己喜歡這樣呼吸，逃也逃不掉。肚子好餓，身體好虛弱，我數算著，從這裡跳下去，或許沒有人會發現，這樣的高度很剛好，因為我怕高。沒有根的人離死亡太近了，近到連自己都放棄救贖。

後來我回家了，我想到我是個基督徒，如果我就這樣走了，是進不了天堂的！家裡，妹妹在看大家說英語重播，媽媽則翻閱雜誌。黃昏把家裡晒成熟透的橘，而故事，就這樣結束了。

我進入離家太近的大學，上了大一，接著大二。在20歲生日的第一秒鐘，我想起去年的難過。當我問媽媽還記不記得？她總說事情過了就算了，但是算了根本在試探對方卑微的姿態有多低。或許人最討厭的，是在別人身上看到自己也敏感的縮影，活生生、太暴露的演活你的自卑。所以你大力的去批鬥他、用力破壞他，撕扯計畫中應該要完整的自己。最後，傷人者死了一個她，完整了自己，也傷透了我的好心。

過了很久以後的今年寒假，爸爸媽媽吵架了，而我更加了解一切關於根，也關於成長多味的責任。

除夕到初二，我們如儀式般熱熱鬧鬧的過節，提前結束行程趕回家，高分貝的初三開始，慶祝的是接連不斷的爭吵、謾罵與摔擲。簡單點說，爸爸喜歡乾淨，媽媽喜歡堆砌。這理論適用於物理上眼睛看見的，還有和他們香水一樣古老的意識。在那個經濟起飛的年代，故事多半是難過的。好像急急忙忙的結了婚，才知道當初為什麼要選擇這個人在一起，才發現另外那個你，身上有著自己最敏感討厭的味道。大家都說你瘋了嗎？揮之不去的，該發生的還是發生了。

一聲尖叫，劃破安靜，傷心流血然後腫痛。我打開房門，接著解開大門鎖，用最快的速度衝出去，找媽媽。我想辦法找遍每一個曾經把自己鎖起來的地方，可以一躍而下的頂樓陽台，樓層與樓層間的暗黑死角，最後在地下室整堆的廢棄回收箱旁找到她。上氣不接下氣，哭得像小孩子一樣，我問她怎麼了？發生什麼事？痛不痛？急得我都要哭了。她只說沒事了，揮揮手，一個人坐電梯上樓，留我自己又氣又迷茫的走長長的樓梯上七樓。喜劇悲劇都要演完，喜歡與否，長大了我們得負起責任，是逃不掉了。那就大口吸氣，回家吧。

接連好幾天，所有最負面的情緒死壓著我，我決定去找好幾天沒回家的爸爸。手裡拿著還在冒煙的滷味，我遲疑著，根本不確定爸爸到底喜歡吃什麼。刺鼻的酒精消毒水蹙緊眉頭，等到我上了辦公大樓，才看到腫著眼、冒著血絲的他。「已經好幾天沒睡了呢，」值班人員悄聲說，「你們發生了什麼事啊？」我被爸爸臭罵著下樓，帶著一盒他給我的水果蛋糕。忍了這麼多天，很久很久，回到家後，我終於在妹妹身上大哭一場。媽媽焦急的進出房間，問我到底怎麼了？跟媽媽說好不好？我卻連說話的力氣都沒有了。只知道自己很生氣，生氣人為什麼要負責任，不能後悔自己的選擇。就算心都累得要虛脫了，就算當下做了最不應該的示範，最後也只能回歸。繼續用生命和時間，做陳年發臭的根，下最拖累的決定，為脫也脫不掉的，最愛也最討厭的家人，呼吸每一口氣，他們兩個人都是。

日子繼續過，家，還是個家。爸爸從沒有要走，就在世界快崩解時，他不過要了一支快20年沒碰的菸，想辦法浸泡在一個不屬於誰的空間裡，沒有性別角色要扮演，只有氣味。就在那個若無其事的午後，我觀看一支不認識的菸燃起，人類變成不那麼重要的一種動物，或許有意識的是那支菸，或許它才有更多故事，要用氣味要告訴。驚訝嗎？憤怒嗎？原諒有沒有在其中重生？味道從來沒有要給誰省思，味道只負責說故事。

決審會

林達陽
愛亞
楊索

評審簡介

林達陽

高雄人，一九八二年生。
輔大法律系畢業、東華大學藝術碩士。
曾獲聯合報文學獎、中國時報文學獎、
自由時報林榮三文學獎、香港青年文學獎等。
著有《虛構的海》、《誤點的紙飛機》、《慢情書》、《恆溫行李》。

愛亞

一九四五年。臺灣藝術專科學校廣播電視科畢業。
現為「愛亞小坊」負責人，專事寫作。
創作文類以散文及小說為主，兼及兒童文學。
一九七三年開始在《國語日報》、《聯合報》、《皇冠》雜誌等刊物發表作品，
此後寫作不輟，產量頗豐，創作力頗為旺盛。
曾獲中央文藝獎。

楊索

有土味的台北人。曾任職中國時報記者多年，
調查報導社會底層議題。著有《惡之幸福》、《我那賭徒阿爸》散文集。
投入創作後，相信俄國小說家契訶夫所言：
「作家有權利，甚至有義務，
以生活提供給他的事件來豐富作品，
如果沒有現實與虛構之間這種永恆的互相滲透、
參差對照，文學就會死於貧瘠。」

【開場】

楊　索：我個人覺得暨大同學的作品是最整齊、然後最優秀！我覺得滿好的特色是同學的作品充滿社會意識，從自己的真實生活出發，整體作品的成熟度很高，我覺得我很喜歡。

林達陽：今年的散文，我覺得文字具有該有的水準，關於這次的文章，青春的題材著墨的比較少，我會滿期待能看到大家多寫一些身邊的事物，但這並不代表我覺得這次文章的素質或方向不好，我還是覺得非常出色。剛剛楊索老師提到關於社會意識還有對於親人、人情的一些理解跟感受，我覺得這很難得。

愛　亞：以我作為一個資深文學獎評審的閱歷來看，較能理解社會上的文學獎和學校文學獎的差異。這次散文組進入決賽的作品，確實不是閉著眼睛在建築空中樓閣，你們真的寫出了自己身邊的事。我很驚訝！你們這樣的年紀，怎麼能夠看到那麼多表面上很簡單，實際上卻非常有內涵的事物。我甚至發現有些同學的作品，已經有哲理出現了！懂得從簡單的事情裡，看到他想要表達的意涵。我這次真的對同學們的散文另眼看待！

〈我的表弟叫明哲〉

林達陽：我評審最主要的標準，大多數作品的水準和整體素質都是很整齊的，但讓我覺得媚惑、能夠引導我、驚嚇我、感染我，讓我情緒上有不同的想法，這是我評斷的標準。

這位同學的作品很平實，有條有理的把一件事情講清楚，我會期待他能夠提出比較獨到的見解。裡面有些句子是不錯的！比如第六頁說，「亞斯伯格的患者是自閉兒，自閉兒也是天才，天才是會被喜愛的，亞斯會被原諒的，我的表弟只是遲緩兒」像這樣子的句子，其實是很有力量的！但我覺得這樣的句子相較於其他篇比較少。

楊　索：我覺得他的優點在於描述得非常平實，寫的滿完整的。我很喜歡他寫表弟畢業公演的段落，他有段描寫是表弟在台上穿了一個大樹幹裝，手舉兩片葉子，小朋友都各自為自己的角色在他身邊穿梭，他僅是在台上傻笑演整場戲。散場後，舅舅上前抱住表弟，然後摸摸他的頭並稱讚他。我覺得親子之情描述的很細膩，結尾也覺得很好，那描述說表弟躺在外公懷中有點傻笑但很甘心的樣子，我覺得描述一個遲緩症的情形非常好。我覺得有點可惜的是，他那個破題太慢，寫四個段落才寫到這個表弟，這個題目的靈感是從一個名字叫可汗的角色發想的，他可以更快破題、更具原創性。

愛　亞：作者和多數入圍者一樣，較少閱讀好的散文，口語的句子非常多，這也是大部分同學容易犯的毛病。但好的作品應該是增一字嫌多、減一字嫌少。口語句子不精切，破壞了文學美感。作者也沒有注意到不通順的句子，讀者閱讀時，會覺得滯礙難懂，造成贅言贅語。

這篇作品非常獨特的部分在於他的幽默與風趣，作者很難得，有幽默感與風趣絕對可為文章增色。讀者非常容易就讀出全文是真的、純的、誠懇的，讓讀者覺得和文章、作者是親近的，凸顯出個人風格，確實有值得感動的地方。

〈找頭路〉

楊　索：寫的很好，文理非常流暢、主題容易理解，以女兒的觀點作為主述去寫父親，文章節奏感很流暢，文章的情緒掌握的很好，到結尾的時候，我覺得很不錯的是，他們找頭路遇到挫折，但父親跟女兒講，那我們去釣魚，結尾非常的神來一筆。他們從辛苦的受挫到父親跟女兒去釣魚這件事，文章出現轉折，兩人又對未來充滿希望。發覺作者在寫稿的時候，運筆上有一定的成熟度，我滿喜歡這篇文章的。

林達陽：我對這篇的背景了解有限，但我引述楊索老師提出的觀點，以釣魚作為收尾，是非常好的，我也非常喜歡。這篇文章篇幅較短，情緒開展的幅度較小，這篇文章做到讓我感動，我認為可以再寫長一點，如果延長篇幅的話，我覺得作者仍是善於處理題材的，可以寫的更好，也許下次多花一點時間跟加長篇幅應該會有更好的結果。

愛　亞：我覺得作者用真誠的心和筆在寫這篇作品，但感覺上有些紊亂。寫作並不是要把每句話、每個動作、每件事都寫在文章裡，那雜蕪的部分也就出現了。不必句句陳述給別人聽，會讓讀者覺得瑣碎，反而不能使人感受到父女之間的感情。寫作像照相一樣，把不整齊、髒的、亂的、雜七雜八的東西撤走，不要所有內容、對話、情節都同時出現。作者閱讀習慣不足，因此散文寫來不順，讀者讀來也覺得不順。先養成閱讀好散文的習慣再寫，是我對作者的期許。

〈耳〉

楊　索：這一篇我非常喜歡！第一個原因是，用耳朵作為主題的散文沒有看過，題材很新鮮。除此之外，文章的扣題非常緊，整篇文章扣合耳朵的主題非常清新完整、結構緊實。另外的原因是，行文節奏感很好，讀的時候會勾起讀者的情緒。破題寫在跟媽媽的對話，他媽媽抱怨她的耳朵老是聽不清楚剛說的話，我們讀到後才知道她耳朵曾經受過傷。作者在寫母親小時候給她挖耳朵的過程，寫的非常細膩。

閱讀時候的流向感非常清晰，場景一幕幕的隨著閱讀的節奏，一幕幕的呈現。曾有個水果攤阿姨，幫她挖耳朵，看到這才發現那過程是一個災難。情緒有被拉緊的感覺，有個段落，我覺得寫文章意象很重要，讓你讀文章時有想像空間，意象很清晰。有個片段描述說她受傷了，「朦朧中有隻冰涼的手撫過額間，恍若陷進另一個更柔軟、深層的膜裡，純淨而無雜質。」描寫媽媽的部分非常憂傷，聲音很憂傷、很匆促在安撫她。這篇文章若投稿報紙的副刊應該是會入選，破題跟收尾都非常細膩，文筆也很好。

林達陽：作者每講一個事物，背後都有相呼應的事物，我覺得作者很有野心，在處理不同象徵系統的事物。比如說水果、耳朵、言語，還有提到髮夾跟一些瑣碎的小事，但他把本來不見得是同一個系統的素材整合起來。我喜歡這篇的主要原因是，我覺得作者的敘述非常迷人，講話方式很有自信，非常果斷的去談論他想表達的意涵。我覺得有些段落對讀者來說，還是較為零散一點，稍微檢查一下會更好。我覺得作者敘述迷人的因素，並不是語句很完整、很好的寫作技巧，完整的意思是我並不覺得這篇文字特別出色，但它對我來講是有渲染力的，非常能夠說服我，從頭到尾都在講耳朵，但我覺得作者最主要想呈現的是一種安全感，關於他跟母親之間包括言語、傷害，這些片段都是表達安全感的描述方式。

比如一開始提到他躺在母親的大腿上，母親會摸摸他的頭，然後跟他說火車要過山洞囉，他要開燈這樣哄小孩的話，很細膩的描寫整個掏耳朵的過程。但講述阿姨的部分時，就變得比較粗暴。我覺得沒有寫出來的部分是指語言傷害。他跟媽媽抱怨他覺得痛，但阿姨說掏耳朵哪有不痛的道理，並伴隨著掏耳的動作。那種粗暴的感覺，才是他最主要描述的主題。關於傷害、安全感，但他選擇透過耳朵、透過水果反覆提及，而水果對他來講是一個傷害事件的隱喻，這樣的處理是非常出色而特別的，別的場域也沒有看過，所以我非常喜歡這篇作品。

愛　亞：吸引我的原因跟林達陽所講的是類似的，整個文章裡不論是語句、語氣、內容，我認為吸引人的部分就是能讓讀者一直有讀下去的動力，雖平實又能讓讀者驚艷，是一種動人的氣魄。剛才林達陽也說，作者寫的句子沒有很美，也不是說文章好到某種程度，但你自然而然就會一直讀下去、一直被吸引，同時你心裡也會有所感動。

那種讓讀者驚艷而動人氣魄的氛圍，就算是成名的作家也未必能夠掌控得很好，在看的過程裡，我在第一頁就豎著畫了一條紅線，表示這一段寫得好！後來我沒有畫了，因為幾乎每段都寫得好！寫跟母親之間的親暱、水果攤阿姨突然的傷害，都在細微處凸顯很特別的淡定力道，淡定本身是沒什麼力道的，只有在看似沒什麼的事物上，才會凸顯出後面躲藏的強大力量，也潛藏文字和文章很深的內涵。你是個寫作的好手，已經有了亮晶晶的鱗片。

〈父親〉

林達陽：這件作品把親人生病的事情講的很樸實，最吸引我的是作者在摹寫一些情節的張力，這也讓我覺得這個作者應該是文學教養很好的作者。可是好的文學教養帶給你很完整的句構、架構、敘述能力，但好像也限制了你。感覺上你是一個有特異功能的人，所以你收斂的很好，但有時露出來一點可能會好一些。

我滿喜歡十八頁下方，講到「父親瘦了，依然記得他瘦削到皮包骨的模樣，甚至我的手可以直接圈住他的小腿脛骨」這麼細節的描述，如果我沒有親人久病在床，我可能寫不出。像這種很小的、很心疼的、很細微的敘述，在全文出現的比例太少了，跟其他部分開門見山的寫法，其實是有點不一樣的。我覺得再放開點寫也許這篇文章會更好。

楊　索：作者寫病中的父親，這樣的題材可以猜想作者應該是在一個真實的情境裡，去病房裡看父親，這個父親讀起來像是一個藍領階級的父親，從對他的父親那個情景的描述，第二段裡寫「父親正熟睡，因工作而曝曬得黝黑的臉孔不見一絲病患虛弱的蒼白。」可以想像作者看父親生病這樣的過程，在寫作上的情緒基本上是收斂的，這樣的題材有時很好表現，但也很難展現，我認為控制情緒非常重要，提到痛跟哭，怎麼讓情緒收斂是這類型的文章很重要的部分。這文章非常細膩，結尾的時候寫父親走出醫院，可以看到彷彿末日重生的光芒。寫到外面的情景，帶給讀者希望。基本上文章是滿流暢的，情緒的控制還可以更節制一點。

愛　亞：全文文字非常平實，這不是很好的形容，但這位作者在平實裡常常有突起的文采，非常不容易的，我喜歡他誠懇的寫作，最能顯現文學的力量，希望他就這樣子寫下去。如今的文學欠缺的是真實、善良、愛，這篇太難得了！第一頁寫他父親，因為做粗工，爸爸的手常常粗糙結繭，等到爸爸入院，發現爸爸握著他的手，本是長很多繭的手掌，現在竟然變成有了柔軟的掌心，覺得這柔軟的掌心是爸爸的脆弱，對比繭是多麼的有力道啊。

「手指和手掌上的粗糙結繭消失了，柔軟的掌心像是他的脆弱，而他的這份脆弱彷彿是一把銳利無情的劍，惡狠狠地劃過我的胸膛，頓時感到呼吸困難，疼痛的淚水在眼眶打轉。」一個作粗活的人，手掌和手指都有粗糙的繭，而現在，繭已慢慢被時間和病魔剝削。作者很多的形容都是在平實的文字裡，展現出很大的力量。

〈姨〉

林達陽：我喜歡這篇作者的寫作方式，就是東拉西扯的講一些小事，然後敘述一些可能發生過的事，背後有一條隱隱的脈絡躲在後面拉著你走。比如他童年抓氣球的遊戲，但現在這事物相當於現在的報酬，對他來講吸引他的東西已經不一樣了，像這樣子很細微的去處理他想講的事情，我覺得是有趣的！我覺得他在寫人情世故的方式，也讓我覺得著迷。寫他跟阿姨之間的關係，感覺得出不是很親，是安靜的親情、安靜依賴的陪伴。

我喜愛這篇最關鍵的原因是，我覺得他是說故事的好手，很會講故事，很有耐心且完整地，將他想講的事情把故事說好，這是最難得可貴的能力。單獨看這篇故事並不出奇，相較於其他劇情起伏更波折的，但大家都知道，最會講笑話的人並不是因為劇情本身好，而是他會講！

楊　索：文章從現實生活入手，我個人很喜歡這篇文章，跟我的成長背景有關。我讀這個故事有種很熟悉的感覺，作者非常的有社會意識，文筆非常好也非常成熟，敘述讓你覺得不會用力過度，筆法很熟捻，收放自如。

他是一個真正生活過的作者，描寫整個過程裡，其實是非常有感情的，表面上寫夜市人生，也有寫到自己的轉變，慢慢感覺到一種生活的沉重。描述人物也很精采，寫到姨丈過世、阿姨罵他債遺家人、還是把姨丈供奉在家裡、家裡付不起房貸的處遇，這樣的過程把阿姨的角色雕塑的很立體，有圓形人物的概念。

愛　亞：題目不好，寫一個「姨」字，可是這文章裡有很多是作者對自己的描繪，侷限了內容的描述。讀者覺得好遺憾，因為題目吸引度不夠。文章的文字簡潔有力，也寫出他想要表現的，寫的十分中肯，非常吸引人！作者在文字的表達上可能沒那麼好，但他有別人沒有的特別文字力量，能用自己的風格寫出自己的感情，在這十三篇裡，明顯看出他有他自己很特別的地方。剛才林達陽所提到的，作者會雜七雜八的這樣敘述，但能夠把這些瑣碎的事物鎔裁在一起，是其他作品所沒有的能力。如果再多讀好的作品，真的會突飛猛進！你那種非常特別的文字力量真的讓我非常喜歡！

〈味道的故事〉

林達陽：非常喜歡〈味道的故事〉，我還滿喜歡作者處理文字的方式，我覺得他講述的方式並不亞於〈姨〉或〈耳〉。他東拉西扯的講自己感興趣的事、講自己在乎的事，處理的非常好。但很多地方是失準的，完全不知道作者想表達的意圖，一旦掌握了以後，我會覺得那是相當有趣、迷人、真誠的！而印象最深的是，用痛去談超齡、超齡的心志狀態，說超齡很痛，我覺得這樣的句子非常好。

後面提到，他在坐在田壟上，預備面對一段緊崩關係，跑到家後的矮牆盡頭，用所有的力量哭盡所有委屈，又寫說最令人氣憤的是那天天氣是好的。我覺得這是非常精準的青春才會有的情境，很誠懇的在寫你週遭的事，這樣的句子我覺得過了青春這階段，就可能再也寫不出，非常的迷人而真實，這篇作品應該值得更高的分數和更高的注目！

最後一段講爸爸抽煙這件事，要一支快二十年沒碰的煙，想辦法還浸泡在一個不屬於誰的空間裡，把中年男人的苦寫的很好。接下來寫的很好，「味道從來沒有要給誰省思，味道只負責說故事」非常好的作者才寫得出，所以我希望兩位前輩可以考慮一下。

【得獎名單】

首獎：〈耳〉
貳獎：〈姨〉
參獎：〈父親〉
佳作：〈我的表弟叫明哲〉、〈找頭路〉、〈味道的故事〉

【提問時間】

提問者一：

我是那個有點變態的作者，第一階段楊索老師有給我投票，想聽楊索老師跟愛亞老師對我作品的一些指教！

楊索：

寫到一種階級性，特別從破題開始就講家裡開工廠、童年不是在四輪車、味道追著環境成長，那生長在一個黑手的家庭，玩具是一堆廢鐵然後有防鏽水的味道，我自己很偏愛具有現實生活的現實感文章。相對來說，你用很多不同的味道講了很多種味道，比如防鏽水、香水、香菸、包括同學頭髮的味道。描述很多不同味道而呈現所謂味道的情境。比較可惜的是文章的切割不夠清晰、拖得太冗長，段落可以切得小一點，章節的每個段落要更清晰才能凸顯你要寫的主題。若你重新改寫，我覺得這篇應該也滿可觀的！

愛亞：

我要講的地方跟楊索很像，錯字多一定會扣分。還有寫散文的人都該盡量避開大幅度寫景除非功力夠。另外你還不會分段，以致於不同的文字內容雜作一處，上面的感覺連著下面的感情，要是你沒分段讀者會認為你有意要一氣呵成！可是又沒有。你一定要學會刪減，像你種了一棵果樹，要把某些枝子剪掉，其他地方的果子就會長得好。你也因為沒有閱讀的習慣，所以常常想什麼就寫什麼，看得評審眼花撩亂。多讀一點好作品，這是我的建議！

提問者二：

老師您好，我是〈姨〉的作者。剛講到我的題目定的不夠好、不夠有吸引力，我自己很喜歡這題目。她是小阿姨，我覺得我作品的文學性很高，我認為我沒辦法定義我跟姨之間的關係，才用一個「姨」字。而這個關係要由讀者來界定我跟姨之間的關係，我破題就說我和姨一起工作。

愛亞：

我覺得這文章怎麼看都很好，但是題目定得不夠好！你一直脫離「姨」字，比較偏向講述作者自己，你可以參考〈耳〉這一篇，他不管談阿姨還是談他媽媽都跟耳朵沒有脫離關係，這些枝枝節節的事情他都沒有離題，扣題扣得緊緊的，連評審都逃不過他那個扣題扣得緊緊的文字功力，她把評審扣在裡頭了，評審可以在外面看。我的建議是只要把你自己扣緊就好了！

楊索：

我補充說明，其實我在看這次的文章時，〈姨〉這篇跟其他篇，我甚至想並列第一名，這篇文章很好，文章有亮點，寫的非常好，確實是題目定的不好，沒有扣緊文章，所以你可以考慮換個題目名稱，拿去投稿！

提問者三：想問文學獎的問題。請問愛亞老師，您評了三十多年的文學獎，有關「文學獎體」，相信您在其他地方一定有看到，我也不曉得「文學獎體」這樣的概念，也就像您所說的，在一個大學裡風格是很難找到的，「文學獎體」在妳看來是一種幫助性，或是您有什麼看法？

愛亞：關於「文學獎體」，在各大文學獎的決審機制裡並沒有一個共識。是評審日久發現有某些進入決審的文章很具情感力量，而那力量很神奇甚至過了頭，就是說「修飾功力」或「迷人功力」近乎濫情。而文學獎一般共識是必須把誠懇放在寫作裡，既使文字不是那樣好。不管散文還是小說，就是新詩也一樣，誠懇就是「寫好」，而不是描抹得圓圓滿滿無懈可擊。這是非常非常重要的！所謂誠懇就是在閱讀文學作品的時候，讀者懂得作者所要傳遞的訊息，會深思，甚至長遠的受感動，受影響。最高境界是身體力行。評審是老練的，非常理解並且一眼看穿所謂深情實則假意的好文章——「文學獎體」。

楊索：補充說明。我從來沒有得過文學獎，在我第一本書《我那賭徒阿爸》裡，有篇文章〈回頭張望〉，曾經參加時報人間副刊的文學獎，在初審就被淘汰。但那篇文章後來被選入很多書裡，包括文化部的《閱讀文學地景》，也成為很多大學的教材。我想告訴今晚沒有得獎的同學，文學獎並不重要，重要的是你要一直寫下去，當你把寫作當成是你人生的終極追求，或你有一種使命感，你不需要文學獎來肯定，你自然會寫出自己的風格。

新詩

讀野夫而感興三則

一代人

文藝復興

偽善者

日後

巨象化悲傷

首獎

讀野夫而感興三則

中文碩五　謝明成

一、眼淚

它是六點鐘的記號
浪子循之而尋及
故鄉的方磚，他知道
內裡的土是紅色的
除了這一塊
走下去就分不清出去與歸來了

刺客執劍遊者背包
是它的淪落
數個時代無名的所在
肉做的人心空著風景
長長的河，它再一次淪落也是不要緊

纏繞鐵身，化子彈為血、肉、骨——每每回望
人拿著剃刀對著人
他可能比十四歲更大了
他祈禱自己永遠是那個
被原諒的哭泣的孩子

二、家書幾封——寄幾縷離我很遙遠的魂魄

焚了一遍又一遍，
明早還是在書桌上出現。
淚痕、洇跡都在
幾聲體貼的問候軟了天涯
幾句家常提醒我：家和信我都不能回了

讀了一遍又一遍，
楊柳無枝可棲

清風過兩袖，滿手射殺的河影
掃街的人不數街
路走下去會不平的
相認字跡問不得那絕期般的春雨

付之青焰與藍煙
數度仰首數度尋
屋簷歸鴉
腹腔鳴復鳴——卻啞了一片無頂的蒼碧
人啊，負了鬼神
明早還是活著的日子

三、鬼的牢獄間
冷雨顛倒的路上，我不得認你。
你脫盡人形
吸風掠影，彷彿一只低音樂器

月在血管裡亮　遠方在你的
思緒中貧血　你作詩的手藝

讓帶刀的人先恨你
更早，時代拋棄一個
溫和的孩子，他學習製磚
學會算術，加減著人命
他站上清理枯草般的廣場
迎向聲音，然後淺嚐失敗

——誰能自一個假想中
睜開　撈井者那樣漆黑的瞳孔
床緣邊的水宛如十字架的刮痕
順著無處之處，流進黑色水溝
你走得很遠了夠遠了

可我沒有名字給你呀

貳獎

一代人

中文二　陳詠雯

時代便利商店愛情
我們都退化
復古卻也酷斯拉童話
拆光伊甸園後
迫不及待的拔盡
滿樹情慾

舌尖分岔爬說起情話
語言不只火星
我們吐信與蛇談情
牠成了神話與信仰而夏娃
不過是個騙子
是根始終沙文的肋

於是即沖即融，我們吞食
防腐續命
將青春佐以肉慾
人生隨喜
請讓我們都更所有道德
並壟斷仙貝市場

披上了文青，鎮日
宅居以書之名
以框視窗了世界後，足已萎縮
腹行於虛擬
嚥下那隻人造的鼠
就擁有世界
即便只是鄉民也會有
可呼應的正義

摘食遍地的野莓吧
敗絮將長出自由
無論人獸，我們反核
認同男男女男女女
以及其他
在這最壞的時代裡不用急
著尋找光明

因為神說有了光
就會有光

參獎

文藝復興

歷史四　游雯鈞

1

這是一個黑暗褪去，光明來臨的時刻嗎？

不，不是的。這只是一個凡人掙脫束縛、尋找自由的刹那。

相信在南方，每個人都有對黑暗來臨之前，遙遠的嚮往，

所以當故紙堆被翻出來時，

便衍生出執著者開啟的瘋狂追求。

2

今天你看了什麼書？希臘文你學到了哪裡？你到A的家裡喝下午茶了嗎？你有注意到隔壁街的教堂快要完工了嗎？據說那是有名的米先生設計的。達先生快要到佛羅倫斯了嗎？你說誰長得最像約翰先知？啊，對了，佩先生昨日進了宗教法庭後，就沒有再出來了呢，你知道嗎？八成又是無恥的高層動了什麼手腳。要吃晚餐了？那走吧，一道去我家用餐，順路去看第十巷的古蹟修復到哪了，再到B先生家捐助那幅壁畫顏料的實驗。

（什麼時候才吃的到晚餐呢？好忙啊，在如此繁盛的「人」的年代）

3

莊嚴而神聖，靜謐而沉默，他緩緩步向教廷的大門。他低著頭不發一語，任由耳邊喀喀的腳步聲伴隨著他往幽幽的長廊深處前進。深處的內裡是一間大廳，那人，或者那些人，高高在上的坐在紅色絨布鋪陳的扶椅上，凝視著他。

「你可知罪？」
「不，我不知道何來罪有，在上帝的眷顧下。」
「為何狡辯？」
「不，我只是將天上賦予我的禮物公諸於世人。」

一陣不敢置信的喧嘩充斥著大廳。憤怒的衝擊加諸在他身上。
然而他渾然不知，只覺得乏味至極。

「我可以離開了嗎？」

「你可以滾了。」

他往回走，這回它昂首闊步，抬頭挺胸。出了大門後，他不禁回首仰望。

「唉，有什麼用，她（地球）還是在轉啊。」

帶著憤恨無奈，或者還有些許的得意欣喜。

轉身，面對當日無垠的藍天。

他，不再回首。

4

毀滅總來的如此之容易。

來的措手不及，卻非出乎意料。

當海上充滿著揚帆的船隻時，人們的慾望也無止盡的延伸，再延伸。

最後那些初衷再也不存在了。

瘋狂，終將煙消雲散，
且一樣出自於同類生物的手筆。

5

直到如今。
潮流男女脖子上的銅項鍊，
畫廊裡的複製改造畫，
媽媽手上亮麗的客家花紋春捲包，
都還能看見文藝復興的真理在上頭。
「再生」一再的重複而且重複，
古老的東西賦予了人類重生的可能，
即使它仍然只是剎那的存在。

佳作

偽善者

中文四　鄭宇茜

那個人將影子交付神
神於是許諾權威
他重生之際
馱著萬千光明

高歌著斬殺和平的和平
鏡花水月
時代更替的良知
還是不見存在
他死著

祂說，你善良而純粹
因為我是全能的

我已將暗潮收歸麾下
你當通行無阻

踩踏著骨骸
彼岸鵬程萬里
他便是整個世界

佳作

日後

中文四　江筱鈞

不知不覺，
我　走進崩壞的世界裡。
回望所及　只有走過後　風沙撩起的裙襬。
在夢裡？
交疊的雙手　反覆搓揉，
卻感受不到　溫度。
屏氣止息，
才驚覺原來我從未真正的　呼吸。

腳步逐漸沉重　像在泥塘裡蹣跚。
誰在遠洋上　靜挨著浪潮　漫漫長漂蕩，
刻意插上的旗幟　是種難以言喻的色澤。
耳畔傳來細碎的聲響　走到哪就跟到哪。

尖銳的風聲　劃開了蒼霧，
我隱約看見你　但又不像你，
脫口而出的字句　沉沉地跌落海底。

還是只能遠遠　遠遠的拋擲目光，
眺望曾嚮往的　樂土。

也許哪天，
會有人無意間在沙塵裡　拾起零碎的隻字片語，
和　遺落了數世紀　殘破的記憶。

佳作

巨象化悲傷

中文二一 吳俊廷

又鹹又濕
始終直行時空裡不可逆地推移
夕陽嶙峋海面那夜
我嚙下魚餌
直到
你亦嚙下未掛餌的尖鉤
浮出海面
我生出雙腳　落地
你敞開雙手　擁抱
踩一片最後的踏實　握一把末了的海味
相忘江湖的時間　完結一條不可見釣線

時空扭曲　成不可捂平錯結

走在石橋　你亦走來
三千煩惱絲　五百年風吹、日曬
只剩一絲華髮
終於「喔！你也在這？」
五百年來　第一場雨
水滴……雨……魚
滂沱
我一回首
你已長出鱗鰭，吃力張鰓，開闔
悠遊徜徉

時間旅者發現不該出現地——媾和
皺褶時空努力填補記憶斷層
消毒、清理、加快
最後一絲華髮化雪鬢　你的面容卻日日似未變
輕薄照片泛黃黯淡

阿茲海默
我靜靜凝望海面
獨愴然涕下，呼吸困難……

決審會

貝嶺
路寒袖
蕭蕭

評審簡介

貝嶺

一九五九年生於上海。

是中國大陸旅美的流亡詩人。

一九七八至一九八二年在大學就讀期間

參加北京西單民主牆運動及地下文學活動。

一九八八年底赴美國文學訪問。

著有詩選《今天和明天》、《主題與變奏》、

合著《在土星的光環下：蘇珊・桑塔格紀念文選》。

在波士頓創立《傾向》文學季刊。

路寒袖

一九五八年生。現專事寫作，
並於大學講授現代詩、台語流行歌曲、編輯採訪、文化行銷等課程。
著有《我的父親是火車司機》等多本詩集，
散文集《憂鬱三千公尺》、《歌聲戀情》，
繪本書《像母親一樣的河》等，
攝影詩文集《陪我，走過波麗路》等多本。
歌詞作品近八十首。主編各類文集四十餘種，舉辦過多次攝影個展。
曾獲金曲獎、金鼎獎、賴和文學獎、年度詩獎等。

蕭蕭

一九四七生。曾參與「龍族」詩社創設，
籌組並主編《詩人季刊》。
現任明道大學中文系教授。
創作文類以詩和散文為主。
曾獲獎詩運獎、五四獎、
創世紀詩社二十周年詩評論獎、
第一屆青年文學獎、中興文藝獎章、
新聞局金鼎著作等獎項。

【開場】

路寒袖：大家好！本場評審會議由我擔任主持。經與蕭蕭、貝嶺兩位評審老師討論後，議決第一輪投票，每位評審先選出自己心目中理想的六篇作品，進入複審。我們會針對所有得票作品，逐篇討論。第二輪投票，將視當時得票狀況，再決定選三到五篇進入決審。最後一輪，則針對最後入圍的六篇，以計分投票的方式決定名次。

我先說整體印象。這次入圍的作品，大致展現了旺盛的企圖心與飽滿的聯想力，這是非常好的基礎與優點。但結構性上略嫌薄弱，可能是書寫的過程急於表現自我，而忽略了對蒐集的素材妥善剪裁，並運用所能掌控的技巧，將情感融入主題，進而有效的經營意象。

很多作品常可看到讓我驚喜的句子，但通篇結構謹嚴而完整者並不多。建議同學們可在現有的基礎上，再沉澱、再錘鍊，將形式與內容做到最適當的平衡。

〈偽善者〉

蕭　蕭：偽善者、偽君子，比另一種真小人，其實更讓人家討厭。作者在批判偽善者。第一段告訴我們，「那個人將影子交付神　神於是許諾權威」，但他真的能夠達成。「駝著萬千光明」，光明是駝在他的身後，已點出那個偽善者和他虛偽的部分。到第二段，「他死著」，換句話說，他還沒朝神託付給他的光明方向去努力，看來是沒有。第三、第四段，幾乎就用一個嘲諷的方式，寫這個偽善者，所以神跟他說你是善人、純粹。當然是他裝出來的，我認為這首詩對那種偽君子、偽善者，做了相當程度的諷刺。頗有瘂弦〈神〉這篇作品的風格。

路寒袖：我的意見跟蕭蕭老師相去不遠。這是一首政治詩，批評台灣有些政治人物簡直是全世界最可惡的政客。最後一段有幾個小問題，一開始的「那個人」，後來發展應該是所謂的「他」，重生之際的意思。第二節最後的那句「他死著」，可是到了第三節「祂說」，這個「祂」當然是指上帝、神，「你善良而純粹」這個「祢」到底是不是「他」，是不是「那個人」？第三段「祂說，你善良而純粹」，這是神說你善良而純粹，可是發展到最後，他是踩踏著舞台的。那麼他到底是善良而純粹呢？還是一個邪惡的、犧牲他人成就自己權位的人？這明顯的犯了對位上的矛盾。不過在這次入圍的作品裡，本詩的可塑性算是滿高的，而且作者也給了我們一些啟發。

由於詩的篇幅大都不長，我們更要字斟句酌。建議各位寫完詩後自己一定要讀個幾遍，或默念，或讀出聲音，去捕捉、找尋詩的節奏感，感受詩的內在律動。

貝　嶺：聽了兩位老師的分享，對我也有一些啟發。路寒袖老師說它在對位上的矛盾，怎麼會跟你後來真正的標題是〈偽善者〉有所關聯？這首詩是思想的詩，作者的企圖和努力，甚至在整首詩裡，想用詩來呈現某一種深刻的思想。可是沒有處理好，以這個標題或作者想要呈現的主題，這首詩太短了，不夠呈現你所要闡述的文字力量。除非每句能達到「密集意象」，或說「意象裡的疊合」，而有些句子在詩裡要迴避的，像已成形的句子「鏡花水月」，這些句子要使用得畫龍點睛。如果你上下文之間沒有達到畫龍點睛，就把一個線索，或把一個成語、句子加入使用，這是寫詩的大忌。「彼岸鵬程萬里」這句子，變成一個獨立的句子，在詩裡面，非常不可取。「他便是整個世界」，這句或許白話，但在整個詩的深度上，就達到畫龍點睛。

蕭　蕭：這一首叫做虛偽的「偽」，〈偽善者〉，哪個地方偽了？路寒袖沒看懂的那地方。連路寒袖都騙了、連神都被騙了。第三段的「祂說」，祂是神說，神說你，那個你當然是那偽善者啊，「你善良而純粹」，神都被他欺騙了，這樣的人還不是「大偽善者」嗎？而神認為，你這個偽善者善良而純粹，神是全能的，神已經把所有的暗嘲都掌握了，然後交給你，所以你這個偽善者就可以通行無阻，這裡面真正的把那個偽善者的「偽」描寫的很精彩。

貝　嶺：但這個神就變成了一個謬稱。

蕭　蕭：因為這個人他連神都欺騙了，所以才是真的「偽」啊！

貝　嶺：所以這個「惡」在神，可能是更可怕的一個概念。因為他得到了某一種「通行證」。

蕭　蕭：就是這樣啊！

〈日後〉

蕭　蕭：很值得我們去思考、參與討論的一個話題。「日後」，其實就是明日之後，未來的世界會不會受到極大破壞後？我們到底會生存在一個什麼樣的環境？這首詩，就是寫這樣的一個感覺！到了最後一段「眺望曾嚮往的　樂土」而那個樂土已經不在了，所以是一個對生態環境越來　越惡劣的一種控訴、擔心，其實是一首相當不錯的作品。

路寒袖：第二節太亂了，第三句太過囉嗦！「回望所及　只有走過後　風沙撩起的裙襬」好多贅字，如果說「回望風沙撩起的裙襬」，或許就夠了。當然有時候一些句子的拉長，或刻意的添加，可能是在營造一種氣氛，節奏拉長可讓作者企圖鋪陳的氣氛得以彰顯。第一節跟第三節確實如蕭蕭老師所說的，讓我們感受到所謂的生態浩劫，以及世界面臨溫室效應的深刻的課題。但第二節過於凌亂，令人無法進入作者所要傳達的情境。

貝　嶺：我看這首詩時，現在看跟我之前看產生了反差。之前看的時候把它當作詩在看，我並沒有內心去朗誦。在前兩位老師做一些提示後，我去唸它的時候，一首詩會有一個語感、音韻、或是內在的樂感。它實際上是有一種內在的語感，贅字也真的很多。這位作者在寫這首詩的時候，把它做反覆朗誦，或許他會有更好語感上的一個音韻效果。但去讀它的時候，發現這首詩確實有很多散化的句子。

〈一代人〉

路寒袖：很喜歡這篇作品，現代感十足。語言簡潔，節奏明快，用新潮的詞彙構築出一篇現代人的生活特徵。包括便利商店式、即沖即溶的愛情、酷斯拉、火星文、防腐劑等。

詩中亦觸及眾所關注的社會議題，如都更、媒體併購，或如野草莓運動、對電腦的沉溺、反核、同志等等。全詩透過堆疊，帶著嘲諷的況味去看待這世代。雖然結構並非無機，但由於塞進太多元素，因此大都點到為止，以致力道稍嫌不足！

所幸結尾提振不少，「因為神說有光就會有光」，雖然這個光明的意義我們讀不出來。口語的部分，展現了一個新世代年輕人生活在這樣的情境當中，提出了他自己的看法。希望兩位老師能再斟酌一下這篇作品。

蕭　蕭：這題目漏掉一個字，如果加上「這」，其實就能把目前台灣的眾生相寫在裡面，我們就可以接受。〈一代人〉讓我們感受不到此刻、當代的感覺，它的題目裡，我看不出來。所以我是覺得這點是遺憾的。

路寒袖：就只講這個「這」字？

蕭　蕭：少個「這」字就差了。

貝　嶺：對！〈一代人〉這標題，有很多詩人用過。這首詩，若改成〈新世代〉可能會好些。其實剛才路寒袖老師講完了整個過程後，我被這首詩相對感動了。裡面呈現的其實是我們新世代的議題，「他們」就是剛剛蕭蕭講的「這一代」，在我看來就是「新世代」，談到他們經歷過的、現在正在發生的議題。我個人經過路寒袖的解讀後，可能會改變我對於這首詩的看法。

路寒袖：好，謝謝貝嶺老師的支持。蕭蕭老師有什麼補充嗎？

蕭　蕭：你剛才講的很好，對他有加分。

〈巨象化悲傷〉

路寒袖：用物種演化來敘述人的情感，這是我對它的解讀。在時間的侵蝕下，記憶會喪失，感情也會泛黃，本詩大概就是寫這樣的概念與情懷。雖然有一些瑕疵，但是相較於其他作品，我覺得它的缺點算是比較少的，不僅主題可以感知、可以掌握得到，而且讀起來有一點淡淡的傷感，頗能觸動人心，所以我選擇了它。

蕭　蕭：這首詩我一直在找那頭大象，沒找到。對我來講就不夠巨象，就放棄了。

路寒袖：巨象無形呀！

貝　嶺：如果去細讀或在讀的過程裡，去反覆地尋求這首詩裡所具有的歷史感，那在這首詩裡，詩的技巧上是過關的，這個標題我覺得有點蒼白。這個標題，其實有點不知所云，巨象這個詞其實有一種具體的概念，另外就是巨大的一個象。我其實兩個部分都沒有完全地找到，那麼他弱化了我對於這首詩在情感上的投入，以至於在於閱讀的過程裡，只發現它是一首完整的、描述上沒有明顯瑕疵的一首詩。因為缺乏一個中心題旨和能具體產生張力的主題，沒有讓我完全進入詩的情緒當中。經過路寒袖老師的描述後，還是沒有說服我。

〈文藝復興〉

貝　嶺：這就是一首白描詩。我讀了很多遍，我歸之為趨於散文化的散文詩。它能夠把大範圍的標題或是它想呈現一個如此大的主題所作的白描，從宗教、博物館、歷史裡，就是為文藝復興時期作了現代性的理解。這是很需要勇氣去寫的一首詩，它具有一個非常大的框架在裡面。很多句子我能接受，也滿有特點的。比如「在如此繁盛的『人』的年代」，我確實發現，這個時代就是如此繁盛的人的時代。用一些思辨的東西，像是起步不久的詩人，他能夠去嘗試用這麼大的一個主題去寫，他有一個非常完整的思想跟完整的思緒，他也強調了「再生」的概念，能夠用再生的概念。最後有點像是說教，這樣並沒有很好，詩意不強。但他最後呈現了一個巨大的、人類文明進化中的一個主體，這首詩從他的結構和他想做的嘗試和努力，我給他比較肯定的評價。

蕭　蕭：這次入圍的作品中，有三首講「重生」。前面兩首〈重生〉，從植物或是從另一層面談重生，但真正能夠把重生的觀念說得淋漓盡致、從不同面向去講重生的可能，就是現在我們閱讀的這首〈文藝復興〉。文藝復興最重要的內涵就是強調重新去尋回做為人的價值，這首詩也是在談論這樣的概念。從不同層面探討人的存在價值到底是什麼？甚至最後一段也強調文藝復興的重生。提到復古，詩裡面提到一個潮流男女，身上所戴的飾品，都來自那種復古的觀念。也在傳達人的價值、尋回自己生命真正意義的內涵。這首詩是一個從生活層面到朋友跟朋友之間的對話，裡頭就在探討人的價值到底是什麼？這首詩其實是有相當深度的一首詩。

路寒袖：這首詩說明性的文字太多了。剛剛貝嶺老師提到的一些句子固然動人，但我讀到的大都是散文，詩質的成分並不多。散文詩在台灣的發展頗有成績，像是前輩詩人商禽，或中生代的蘇紹連，他們的散文詩，絕對會在貌似散文的語言中，隱藏著出人意表的濃烈撞擊。但這首詩裡，從頭到尾都看不到這樣的東西；雖然它有一些比較深刻的思維，但就詩的形式而言，有些段落過於散文化。

〈讀野夫而感興三則〉

貝　嶺：這首詩的背景大概是他詩集以外的回憶錄。是他在監獄的時候，寫給情人的一首長情詩。這個情人後來沒有繼續與他聯繫。第一個讓我最有感受的就是這首詩。我們如果讀過他的回憶錄《江上的母親》，他在回憶入獄期間前後，他自己和家庭的種種，然後母親過世。很多段落，都是對於這本書的讀後感，包括了野夫的懺悔、整個過程裡對中國的感情、入獄的過程裡的感受。這首詩有一個非常強烈的情感背景，是讀後的一個白描。我甚至認為他把一個人的回憶錄，在一個特定時間裡，做了非常重要的努力，傳達了非常強烈的情感，對於一個大時代、一個不幸命運的人的完整描述。是一個心靈感應的詩。

蕭　蕭：值得說它是一個現代主義式的一首詩，很多漂亮的、創造出來的、奇特的意象。第一則叫做〈眼淚〉，說它是六點鐘的記號。六點鐘方向就是往下，所以眼淚往下滴，因為想到故鄉。所以反過來想，其實是因為想起了故鄉才流淚，它是用這種倒形，呈現了另外一種詩意。比如第一則裡的第二段倒數第二行「肉做的人心空著風景」，或者說「肉做的人，心，空著風景」，其實是很好的，讓我們想到一個人的內心，那個風景是不存在的，所以心是空著的，把那種沉痛，都表達的非常好。

第二則〈家書幾封——寄幾縷離我很遙遠的魂魄〉單單這個題目將一個人的心、空著的悲痛傳達出來。

第三則「可我沒有名字給你呀」，把一個受到巨大悲痛的一個人的心境鋪展開來，我們真的不知道能夠給他什麼樣的撫慰。這樣的心意，這首詩也表達出來了。

路寒袖：這首詩的成熟度最高。作者有自己獨特的語境，恰恰呼應主題，也就是書寫對象——大陸詩人野夫。詩中那種蒼涼、悲愴感，跟野夫這位詩人的生命情調正好是貼合在一塊，很多句子感人肺腑，不亞於一些成名詩人的作品。譬如第二章第一段就寫得非常好！他說「焚了一遍又一遍，明早還是在書桌上出現。淚痕、洇跡都在　幾聲體貼的問候軟了天涯　幾句家常提醒我：家和信我都不能回了」，語言雖然沒有很濃稠，但卻道盡了有家歸不得的深沉悲鳴。最後兩句「人啊，負了鬼神　明早還是活著的日子」，或第三首〈鬼的牢獄間〉，第二段那句「讓帶刀的先恨你」，可說力道萬鈞；「溫和的孩子，他學習製磚　學會算術，加減著人命」，這種充滿了生命力的語言，比比皆是。

但就傳達來講，你選擇了某位特定人物做為書寫的對象，但對大部分讀者而言他卻是陌生的，這種情況我認為應該加注，以輔助讀者進入詩境之中。另外有些章節，則有晦澀難解的問題。譬如，第一首〈眼淚〉的第二段「刺客執劍遊者背包　是它的淪落」，或者是這段的最後，「長長的河，它再一次淪落也是不要緊」，讀過野夫的人或許會聯想到是在影射他母親跳長江自盡的傷痛，可是對野夫不了解的人，應該就陷入迷障了。即使如此，我們三位評審都對這首詩的作者充滿高度的肯定！

【得獎名單】

首獎：〈讀野夫而感興三則〉

貳獎：〈一代人〉

參獎：〈文藝復興〉

佳作：〈偽善者〉、〈日後〉、〈巨象化悲傷〉

【提問時間】

提問者一：

我是編號第十五號的作者，我跟其他作品比較起來可能不太成熟，既然機會難得，也入圍了，那又有機會讓老師看到我的作品，哪位老師給我一點改進的意見呢？

貝嶺：

這首詩有很大的問題，詩裡很多的時代背景，很像讀一個外國文學出身的作者，把他所看到的歐美文學裡、或是歐美影片中、或重大歷史裡的主題融入詩中。相對陌生的名字要加注，寫詩的過程裡，凡是翻譯的名字，不管是人名還是地名，至少要加上原文題注。

這首詩從技術上來講，要呈現的是一個重大的主題，是二十世紀很重要的歷史事件，但因為裡面的意象比較亂，其實你要呈現的是一個完整歐洲歷史裡的重要事件，那包括了二戰的記憶，這首詩裡的意象，跟其他篇不一樣的是，你整個的意象背景都在歐洲的歷史，失去了閱讀上的可感性，必須要借助對這段歷史的相對熟悉，所以並不是那麼容易讓人了解。中文讀者有相對的陌生性，這首詩的缺陷就很明顯了。這樣的題材本身需要非常謹慎跟冒險的心。

提問者二：

三位老師好，剛才這樣聽下來，大概了解到我的問題是情感、還有用詞方面比較單薄，那還有什麼地方是寫詩時，需要改進或加強的？我是〈日月光華〉的作者。

蕭　蕭：

這次唯一能夠呼應水煙紗漣的作品，大概就只有這一篇了，這一篇〈日月光華〉，你又試圖要把時代背景交代清楚，剛好跟上一位提問同學相反，你寫的是我們大部分人都熟悉的，不需要歷時性去介紹這個地方的歷史。只要寫出你對這地方的內心情感，其實就可以表達。

提問三：

想要問一下路寒袖老師，我發現有的詩會有括號，就是寫了一些意象補充。老師覺得在寫詩的時候，出現了括號，這樣作品會不會很突兀？或者說寫詩要忌諱什麼？

路寒袖：

並非在詩中括號、加注就不好，而是要妥當的運用。除了剛剛貝嶺老師提到的之外，其他像是歷史事件，或人物等，如果它們不是普遍常識的話，唯恐讀者陌生而無法進入詩中的世界，因而適度的括號、加注，我倒覺得無可厚非。

至於寫詩的忌諱，以這次的評審經驗，特別提出一點跟大家分享。詩是重創新的文類，所以套詞或成語盡量少用，如果要用，就得點鐵成金或脫胎換骨，甚至製造反諷、歧異的效果，或不同意義的呈現。希望這樣的答覆你能滿意！

分享者：

各位老師好，我是編號十〈父——子〉的作者。這一篇我自己寫起來也感到相當的矛盾。在描寫父親的悲痛時，我也會將自己的悲痛混雜在一起，但我想問的是，其實也沒有什麼，其實所謂的「遊子」與他父親之間有一個代溝，也有爭吵、有決裂。他奔逃出去，卻造成他父親一個很沉的傷痛，他父親希望他回來。這位父親仍在，只是病重，但遊子心裡的矛盾是對於這個父親愛恨並存的矛盾，來到了父親的病床前，他靜默著看著父親，真正的感到絕望以及他喃喃的怨嘆，這是遊子看到病榻前父親的一個狀況，我想描述那位遊子當下的心情。最後，遊子仍是就學中的學生，繼續待在這病床旁，只會讓自己更加的悲傷！還是承受不住這股壓力，他因此要倉皇離去。來的時候是急切的、超越百米的那樣跑，回去又是那樣的倉皇，最後等待的那一生，其實我沒寫出來，等待是什麼呢？是我說不出的沉痛獨白。

路寒袖：

謝謝十號同學跟我們分享你作品裡跟父親因代溝而產生矛盾的心路歷程，剛剛的告白應該可以紓解你不孝子的愧疚了！我很希望透過書寫以及你剛剛那段動人的話語，能夠把你這段時間以來，心裡的壓抑和負荷釋放出來，也祝福你的父親早日康復！

文學獎系列講座

王丹／中國的現狀與未來

貝嶺／象徵與隱喻：流亡中的文學與作家

楊索／說故事的人

王丹

中國的現狀與未來

【講者簡介】

中國北京人，是八九學生民主運動的學生領袖。
六四後多次被中國政府逮捕入獄。
後流亡至美國，取得哈佛大學歷史學博士學位。
現常居台灣等地，
二〇一二年九月起，擔任國立清華大學人文社會學院客座助理教授。
兼任東吳大學政治系助理教授。
著有《王丹回憶錄—從六四到流亡》等十多本書。

討論中國的現狀跟發展，中國十一月八號已召開第十八次共產黨的全國代表大會。西方國家跟東歐都在關注，我覺得台灣應該要很關心。這已為中國帶來了變化！我認為你們要知道一些重要的過去。在十八大召開前，引發了一些事件，是過去中國共產黨的內部鬥爭史。第一，是薄熙來事件，在他轄下的副市長夜奔美國大使館，結果被查辦，構成所謂的薄熙來事件；第二，中國現在的新領導人習近平，在十八大之前突然神秘消失；第三，在快召開十八大的時候，從習近平到溫家寶家裡面所有的財產、明細表都遭清查。中國十八大之前出現這麼多在過去看來令人匪夷所思的事，是中國權力中心交接所引起的非常大的權力爭奪，中共這樣的政策，不是通過投票的民主化作為！

有個很重要的問題，十八大的任務要完成權力交接，實際上卻沒有完成。權力鬥爭實在太複雜了，最後各派利益擺不平，中共的權力交接沒有穩定處理，我們在近二十一、二年看到了這麼多匪夷所思的事件，可以想像未來會再重複一次。另外這次中共十八大所做的政治報告，上一任總書記胡錦濤提出：「**感情意志的邪惡。**」指的是希望能民主化，有這種憲政民主的道德，避免用這種邪惡。中共這次是第一次開始把西方和西方的民主自由定型為邪惡。

中共的政治報告中，反映了未來的少數人，在政治態度上不可能做出的政治改革情形。各個派系不斷權衡較量、討論的結果，各派都把自已的政治觀念考量進去。那各自涵納這樣的觀念，當初是為了杜絕十八大以後和十九大之間的領導去試圖進行的民主改革。所以未來階段我們看到未來的政局不可能有改革、不會有政治改革。基本上還是維持一個過去老調。叫做「**維本**」意即維護本命。「**維本**」在中國主要的發展基調，一切原因皆以穩定為主。那麼腐敗的問題不解決，腐敗從來就不是老百姓之間的事，腐敗從來就是權力之間的事。

這次中共召集全體代表在北京，參加的代表不過兩千多位，卻動員了一百四十萬人，叫做「**保衛十八大**」。而談到太子黨這批人，他們非常非常鮮明的露不出任何表情來。他們非常團結，有非常豐富的歷史！而這些政治鬥爭的背後都是派系的權力鬥爭。所以這批太子黨的父輩，當然也間接地影響了他們的子女，他們個人化色彩顯著，這是太子黨這樣的政治作風。

這次十八大開完，對以後有一些期待。比如政治改革，但提出不遵從西方現在進行的那種邪惡。

從十八大開始說起，這是社會層面的問題，而今天的中國老百姓對中國是普遍不滿的。另一個方面，中國還有一個問題，人民對一個政府的理念是可以接受的，這才是中國最要人命的地方。人民對政府不滿，但以「**今天誰統治**」這點，當然就只能接受現狀。用龐大的國家經濟、完全殘酷的武力鎮壓做為國家集權統治的支撐，因此出現中國這麼弔詭的情況。

一九八九年後，不要認為中國有目前的發展就是自然發展的結果，他是特定環境跟特定歷史條件所導致的結果。最近三十年來發生的三個事件，是中國過去的歷史以來完全沒有過的，導致今天中國社會的一個現狀。第一，經濟至上的立場。一切都要以經濟發展為考量，那一段的改革是準備期的改革，到了九零年代……八九年以後，越來越變成經濟支撐論，因為他把人對幸福的、對生活的整個高度和價值標準整個拉到跟動物沒有什麼區別。

第二，就是知識分子，對社會很重要的一個領導階級。在社會轉型期間，知識份子對社會的一個責任感，是幫助社會前進的一個很重要的動力，知識份子的作用從來都是最突出！從一九八九年之後到今天，中國出現很嚴重的現象，就是以知識份子為代表。大部分的中國人開始放棄，對這個國家、這個社會表現出一個放棄的態度。但一九八九年當時學生試圖去振發這個責任，試圖去表達意見、共同參與。而今天中國出現了很嚴重的情況是，人民對於這個國家沒有責任感，把國家跟未來全部放棄，即使這個國家再強大，都不可能有未來的！

第三，中國出現了很嚴重的情況——理想主義！中國的弱者去欺負更多的人，展現的是這樣的一個社會淪喪主義。通常我們覺得經濟發展快速，是因為今天的中國成為世界老二、世界第二大國。我們要建設一個和諧的社會嗎？中國的問題，能不能走這麼一條路？在經濟上開放市場化，人是對比的結果，人類通常有很多思維是對比出來的，中國的貧富分化是全世界最嚴重的。

經濟成長很快有沒有公平？對這種公平的感受就會越深刻！

建立在人民的自由和人民的權力基礎上，中國稱之為「經濟奇蹟」。但實際上卻是高增長、低人權。經濟增長建立在壓低工資並且壓制社會自由上，這影響了經濟的基礎。這種狀況我們再不振作起來，孩子最後只會滅頂；人民沒有參與感，經濟增長而環境也跟著增長的這種變化，在今天中國的現狀，已是一種經濟增長的越快、生活越不好的情形。從表面上來看當然看不出來，政府嚴格封鎖。在具體的情況中，中國不懂什麼是民主自由嗎？做一個理智的人，他太清楚民主自由的結果。所以不願去改革的這種情況下，你怎能期待自上而下的改革？

所有的國家都有一個政治挑戰，才能自上而下去推動！我覺得中國的未來就是零的可能性，但改革的希望還是很濃厚的，自上而下的。前面提到，「**裝睡的人叫不醒。**」裝睡的人都有一個問題，裝的人都承受壓力。我覺得從兩方面來說，第一個是網路。網路是最關鍵的，整個人類的生態都發生很大的變化，中國走上民主化的第一個可能，除了共產黨改革外就是民主化，言論自由從來不屬於民主自由，言論自由才是最可貴的！最重要的是網路能夠推進民主發展。

中國人民沒有起來反抗？台灣當時美麗島事件時人民也是反抗啊！今天網路封鎖的現況下，你怎能說我看不清？懂得從網路上尋找資源，世界上發生的變化、巨大的事件都在網路上呈現！中國無法步入民主來自於人民的恐懼，政府的成功之處，常傾向武力鎮壓，造成社會莫名的恐懼。這恐懼變成內部壓制內部，能把政府怎麼樣？反過來發現人多就能一起聳動，人就會有勇氣衝動，這個很重要！有些衝突點讓學生、或讓整個社會、國家有各種衝突，衝突點越多，反而呈現的是非常非常不民主的！會上街的也不見得會民主的去做。

文化的東西、環境生態等議題，這一代開始會去承擔，那我覺得如果有一半人的承擔，就非常令人欣喜！這是中國未來希望的所在，而今中國還有時間，允許改革，不過時間已經非常少！政府要能改革五年是差不多的，到那個時候政府繼續掌控腐敗阿！這就是我們上禮拜在北京的高峰會議上，包括在今天國內這些學者所提出。也許我們在五年內會有變化的！謝謝大家。

【提問時間】

提問者一：

請談談你對台灣年輕人的印象？

王丹：

台灣在民主轉型後，競爭意識下降，接下來面對許多嚴肅局面，包括政治。韓國崛起對台灣的衝擊會比中國還大。台灣遠的危機、現實的危機，都在發生！那在這之前，我覺得台灣年經人沒有危機、競爭意識，太善良了。我們不能完全怪學生，老師也有責任，台灣的公共責任下降了，在民主社會，公益責任應該增加！我覺得自由是轟轟烈烈得來的，如果年輕一代普遍對政治冷漠，台灣將比中國更可怕。

提問者二：

我是來自大陸的學生，有兩個問題：

一是關於北大的畢業生，王軍濤先生。他為了公平自由民主，對體制鬥爭，總理李克強先生，卻在體制內登上權力的頂峰，你對他、包括李克強、習近平這些人的態度如何？你們是走上兩條截然相反的路，還是會殊途同歸？

二是劉曉波先生以前說過，我不愛黨也不愛國，但我愛的是這土地跟土地上生活的人民。您今天做出的努力，有幾分是出自於對這片土地還有土地上人民的愛？還有多少是出於對共產黨的恨？謝謝。

王丹：

我覺得殊途同歸已經很難了，雖然都是北大校友，李克強已經走入體制內，我跟王軍濤都在體制外。以我的理念來說，對一個國家的民主化來講，這個社會要越來越強大！應該有更多的精英去建立公平社會，因為那是民主社會最重要最重要的基礎。在體制內，你要做改變很好！這樣龐大的體制，如果沒有來自外環的壓力，那在內環就推不動！說到愛國，我是覺得真正的愛從來都是提出問題、提出批判，對一個國家也是如此。我覺得真正的知識分子，對國家現況提出問題，沒有人是出自於恨，而是來自於對國家的愛。

提問者三：

您學歷史的，您覺不覺得孔夫子的思想在兩岸，就您的觀察而言有沒有積極的作為？

王丹：

我個人很欽佩儒家學說，但完全不可能在中國落地生根。不是儒家本身不好，但以目前中國社會來看，我覺得如果太多元化，我們還是得從制度上，防止導致社會動盪，包括儒家。也許在民主化之後需要重新規整。

提問者四：

第一個問題，貧富分化導致社會不穩定，還有分配不公平的現象。中國的現況或是現在民主國家有什麼確切的方式，可以針對分配是否公平這點？第二個問題，未來中國如果真的走向民主化，會對台灣有什麼影響？

王丹：

今天在美國，貧富差距也是有，分配也不是這麼公平！目前還沒完全找到一個能夠徹底解決貧富差距的方法是正常的，那是推動經濟的動力。今天中國仍有貧富差距，人民對貧富差距無能為力，這才是中國最大的問題。提到中國民主化對台灣的影響。首先，沒有人能保證中國民主化對台灣是絕對的影響，如果中國不民主化呢？再過十年還不民主化，不一定有好處，但不民主化百分之百一定沒好處。今天對於台灣未來、兩岸關係的問題，目前官方允許討論，並不代表中國社會沒有民主、沒有言論自由，一旦中國有了民主、有了言論自由之後，民主化言論自由打開了！所以中國民主化當然對台灣是有好處的。

提問者五：

台灣這一代生活在一個自由開放的民主社會，經濟學人說我們的總統是個「bumbler」，我們不想變成那樣的大人，請問身為台灣的年輕人，我們可以做什麼？

王丹：

這是台灣很大的問題！首長也是人民投票選的，人民沒有責任嗎？不能只抱怨執政黨，抱怨政客！台灣基本上已經是民主社會了！不完全是這兩個政黨很爛，這是沒有疑問的。台灣人民做了什麼？國家是自己的、社會是自己的，自己該做而沒有做，不該去譴責人家。

提問者六：

我覺得你對民主化有很大的憧憬，那我想如果中國真的民主化，是否會產生民主化國家已經產生的問題？歷史上有許多已經民主化的國家，你覺得哪個國家的民主化是你覺得最好的？

王丹：

台灣的民主化模式非常棒，相對上的問題來講，台灣模式很成功，台灣沒有出現大規模流血事件！英國、美國這些走上民主化的國家，在過程中比台灣相對有利！蘇聯1989年以後，在實行民主化的時期，生活不如過去。共產黨的統治，所有的問題都是比較。先解決最大的問題，再去處理更小的問題。所以，以中國來說，除去共產黨的話，什麼問題都是按照順序去解決，民主化的問題就呈現出來。所以為了解決民主化的問題，唯一的辦法不是停止，而是盡快的進入民主化的過程，就是進到今天美國民主化的這個地步。還是有很多問題，但民主化的好處就是人民可以通過選舉、透過參與進入到體制內去解決問題，而不是對一個社會來講才是。

提問者七：

在十八大之後，全國兩百零四個中央代表之中，廣東省是沒有一位代表的，那您是怎麼看待廣東省在中國未來的發展以及它所扮演的一個角色？

剛才教授您提到網路的作用，但在網路上我們看到的中國網民是群集洶湧的，你真的覺得網路的作用和現實的差距沒有那麼大嗎？謝謝。

王丹：

中國在過去的改革開放中，中央的勢力勢必要去介入，還是要看地方官員所推動的政策，所以我不覺得是廣東或是廣東人的問題，地方官員如果願意在他所管轄的範圍內，推動一些改革，那我覺得關注這個是很重要的。舉例來說，我對台灣網民「萬人按讚，一人到場」的這個現象我感到很嚴重。我的意思是，從網上到街上，需要一個過程，而這個過程隨著外部環境的變化，我覺得那趨勢可以討論，要從網上走向街頭，還是需要時間。

提問者八：

你提到儒家難在大陸再生根。中國已在全世界成立了幾十個孔子學院，而您有一個華人民主書院，似乎有打對台的意味。華人民主書院和孔子書院在您看來的情況是？

王丹：

孔子學院很快地就會被遺忘，中共只要有服膺儒家學說，就會被實行報復！國家非常虛假，推行者沒有在推行儒家！儒家的推廣只是一場政治秀。

貝嶺

隱喻與象徵：流亡中的文學與作家

【講者簡介】

一九五九年生於上海。

是中國大陸旅美的流亡詩人。

一九七八至一九八二年在大學就讀期間

參加北京西單民主牆運動及地下文學活動。

一九八八年底赴美國文學訪問。

著有詩選《今天和明天》、《主題與變奏》、

合著《在土星的光環下：蘇珊・桑塔格紀念文選》。

在波士頓創立《傾向》文學季刊。

今天我要跟各位稍微談一下我的個人經驗。六歲以前的記憶，那成長經驗基本上是在中國完成。說到流亡文學和流亡作家，其實我一開始是想要提供給各位一個基本的輪廓。作家一生裡，要發生的事情，我稱之為**「文人生涯」**。我這一生主要做的事情就是讀書，還有寫書、編書。

到了台灣，我把它稱之為**「向母語（華文）回歸的一個過程」**。我們在一九九〇年代在波士頓創辦了一份文學雜誌，造成我在北京被捕，還流亡到美國。我在台灣最重要的意義是回到一個母語的環境。那時讀到、獲得一本好書，會變成是一個非常難得的經驗。很大的特點是，我在那時讀的是毛澤東的詩詞。就是有限的文學閱讀。而《紅樓夢》、《水滸傳》、《三國演義》、《西遊記》這些書是我們那時代的人被有限允許閱讀古典文學的書。因為這原因，我們拼命的去閱讀翻譯成中文的外國書。當時在地下流傳，除了馬克思主義、恩格斯還有列寧的書。這是我早期的成長背景。

接下來說到的是中國在一九七〇年代末出現文革結束的過程。中國的大學是由一九七八年開始，經過了十年以上的終止大學後有了大學教育。我也成為最早讀大學的學生之一。我稱為**「一九八〇年代的閱讀」**。讀很多西方的書和中國相對開放出現的書。在這過程裡的閱讀成為我很大的成長背景。由閱讀造成的寫作閱讀。我把我的寫作稱之為「閱讀的附屬」。閱讀使你產生了寫作的願望，又使你產生了對寫作的敬畏。我把它稱之為「讀書的第二階段」。

地下文學是一九七八年以後中國開始出現被中國官方接受和允許的文學。文學出版機構和作家的形成，這作家機構在中國叫中國作家協會。在這過程裡，文學分成了兩部分。一是被官方和體制接受的文學和作家，另外一部份是長年在地下閱讀中產生的地下文學。地下文學主要呈現的就是地下文學刊物和體制外作家的文學沙龍。流亡文學為什麼最後會變成一個在海外或中國外產生的一個現象？地下文學成為流亡文學一個重要的起源。有一個文學雜誌叫《今天》，一九四九年中華人民共和國創建以後的第一個非政府創辦的地下文學刊物。一九七八年到一九八〇年後被中國政府禁止。這段歷史我想強調的是，中國文學一直有兩個傳統。一是體制內的文學，諾貝爾文學獎頒給中國體制內一個最重要的小說家，中國作家協會的副主席莫言，說明中國體制內文學隨著中國崛起變成一個世界性、被承認的景觀。一是地下文學去年出現代表性的人物，德國的書業和平獎給了中國大陸最重要的地下作家廖亦武，非常巧，這兩個文學各有一個代表人物獲得了世界性的文學獎。我一直在中國文學裡作為地下文學的一部分，變成不能回到自己國家的流亡作家。

傳統跟官方體制內的文學，有非常明確的美學差異、也有著進化和命運的差異。地下作家一部分在一九八九年流亡到國外。另一部分他們在中國內經常沒機會出版著作。我後來的命運跟這個部分有關。地下文學雜誌、文學刊物，甚至經由文學同行間私下互動。不得已要在國外出版，我指的是香港和台灣，在這過程裡就構成了地下文學的另外一個傳統。我的詩裡有一點涉入對這個時代的隱喻。從這意義上我給各位唸一首詩，通過詩的隱喻來呈現那時代的特徵：

〈冬天的字句〉

竟這樣遠　這樣昏暗
一切都擋在了時間的後面
那些瘋狂般塗滿漂亮詞藻
瘋狂又瘋狂的日子
雙手交疊的日子
遙遠　遮攔著手
冬天動盪
冬天留不住陽光
你遠離一切
步履仍就匆忙　沒有　什麼都沒有

沒有扭不斷而裸著的莖
沒有風　吹上房頂
沒有苦苦尋覓的字句
被撩起
跫音泛起
人的生命
光和糞土的聲音
整個夜晚　平靜

我用這首詩，把我經歷中國地下文學的歲月向各位做一個陳述，它的重要性由兩方面構成。一是我文學的起步，從一九八〇年開始。從讀者轉為一個嘗試寫作者的經歷。另外一個則是我本人，由一九八九年六四的歷史事件，在美國滯留了五年，然後再回中國。這在我個人經驗裡，我稱之為「**一個由重要歷史變換所造成的個人人生變化**」。一九八〇年對我來講，從大學生變成一個開始寫作的作家。一九八九年使我意識到中國政治和作家的命運有一些微妙、不可逃避的關係。「冬天」在中國作家比較敏感的時代，很多事情因為「冬天」而積蓄。

我因為一九八九年的六四事件在美國很多年後回到中國。我在這段時間裡，辦了一份文學刊物，由幾位流亡作家和在國外求學的文學研究者一起創辦。後來變成重要的流亡文學刊物。也曾經在一九九〇年代去霍德大學，在這學校裡，我必須去做我想要做的一些大事。當地下文學刊物能夠呈現時，我必須用一本自己想做的文學雜誌來呈現我們所經驗的歷史。最後一期，第十三期。「十三」這數字是不吉利的！一九九三年到二〇〇〇年，在國外和在中國輪流出版的一份重要文學雜誌。當時在海外唯二的文學和思想刊物。因為出版這本雜誌，官方以非法出版的罪名將我送到了監獄。在我被抓不久，得到國際文學作家的聲援，美國國務院和中國政府交涉，把我送去美國。構成了另外一個意義上的流亡。

曾有位事實上是流亡作家、早期獲得諾貝爾文學獎的華人作家——高行健。那個時間有某種隱喻，在這樣的過程裡，我想到的是流亡的中國文學。一九八九年後的文學有個非常大的現象，就是很多中國大陸的作家離開了中國，成為流亡作家。這是我當時經歷的第一個重要的文學事件。

我有過一個非常重要的感受。就是母語和我自己所經歷過的文學間有非常強烈的關係。我發現中文或華文成了我生命裡的一個新土地，這裡面最大的痛，就是失去母語環境的痛，我有一首詩，探討了語言裡或語境裡的個人經驗，這首詩的名字叫〈放逐〉。我想說放逐跟流亡的區別。流亡有兩種可能。一種是你自己選擇、一種是被迫的。非常清楚的說，不得已被送到了另一個母語環境、或跟你土地不一樣的環境。我後來的境遇裡，有某種時間上的預感，我念一下這首詩：

〈放逐〉

我在時間的盡頭　經歷放逐
手臂彎度　記憶的弓
我用我的漢字
清洗　異國的天空
無倦的天空
遼闊強烈的天空
乾燥而又堅忍
帶著事物莫名的疼痛
冬天　有著記憶命名的莊重
我看到被遺忘拒絕的恥辱
帶著使命
進入我那野蠻的視野
眺望終止了閱讀
回憶放棄時鐘

經歷者——經歷著對經歷的厭惡
那並非是時間的過錯
那僅僅是時間的過錯
輾壓往事的
是夜的車輪
事物
用它不朽的根
固執的纏繞我們
我在放逐的盡頭
如同國家版圖上
一個恆久的詛咒

我唸的時候，我想強調幾個部分，它有個很大的隱喻。就是說一個不朽的根，那這個根我其實有所指涉，談到的就是一個中文或者華文作為一個母語。你用你的漢字在一個異國的天空進行書寫，這是我這首詩裡要強調的，就是語言和流亡的關係。我一直認為它是某種意義上的流亡印象的原型。我在這被稱之為「外省作家」，或是「外省文學人」。他們在這的經驗跟我有點相似，就是他們都離開成長的環境，或離開最早的出身地。但他們沒有失去他們的語言，我把這稱之為「**流亡文學在一個非原生的土地上尋求自己的位置**」。流亡文學在二十世紀裡的位置，在我書中、演講其實有個非常特別的呈現。我稱之為「**離祖國越遠，離母語越近。**」你的祖國最後就變成語言，而不是土地。

二十世紀的流亡文學，包括三個部分：俄羅斯（蘇聯）的流亡文學、東歐的流亡文學、二戰之前的猶太流亡文學。猶太人離開了希特勒控制德國後的政權，產生很多流亡作家，代表性的作家是托爾斯泰。俄羅斯的流亡作家，我想各位可能比較清楚的就是蘇俄的索爾仁尼琴。東歐最有名的作家是米蘭．昆德拉。中國從一九八九年六四後產生的流亡作家到了上個世紀末成為世界文學的一個新現象。我稱之為「**流亡作家在世界文學裡面的位置。**」

在文學這個金字塔裡，我們可以看到文學由很多不同類型的文學組成。二十世紀最重要的文學現象是小說，成為文學裡最具廣泛意義的一種呈現，通過重要的國際文學獎項來產生。華文文學在世界文學裡似乎獲得了世界性的關注。在我的經驗是，它跟政治和跟政治本身所產生的輻射有非常大的關係。官方文學和流亡文學在這十二年裡分別以各自代表性的作家呈現在我們所經歷的這個世界文學地圖。我想說的是，我們怎樣由這現象去看文學。那麼反過來講，我也想要跟各位去進行某一種意義上的一個思考，稱之為「**華文文學中的台灣文學**」。我選擇在台灣作為生命在流亡裡最大的一個回歸。

我把張愛玲視為最早的流亡作家。離開中國和香港後，她在美國的命運非常不幸。她的創造力、精力、個人的生活都遇到了非常大的負面影響。使很多流亡作家產生警惕。所以我把「**流亡**」這個概念定位為「**母語的文學**」。流亡中的文學或流亡中的作家，以華文作家作為一個參照，我們可以看到兩個部分，我稱之為「**隱喻**」和「**象徵**」。以「**象徵**」來說，我們可以看到的是，在世界文學裡的中文文學或華文文學，它後面所帶來的困頓和挫折。而它可能是一個很重要的「**隱喻**」。我曾編過一本書——《作為見證的文學》。文學具有見證一個時代所發生的重大事件的作用。流亡文學、地下文學這兩個重要的概念，是在重大歷史事件中發展出來的文學，因而把流亡文學放在所謂的文學史脈絡下。

【對談時間】

陳正芳：貝嶺先生談流亡文學時，對我是一個新的啟發，你提到一九四九年從中國過來台灣的一群人，包括軍民、軍眷。

貝　嶺：這裡的知識份子和文人的比例可能在兩百萬人之中是最高的，相當部分的中國文化精英過來。

陳正芳：除文化精英外，國民政府最後也招考不是文化精英，但對文學有嚮往跟熱愛的軍人。我現在要講的是，他們過來後為什麼仍然會認為他們有流亡經驗？在文學創作中，我以比較的眼光來看，跟貝嶺先生這個流亡詩相作比較，你也曾提過「極權」，在這種極權國家、極權主義下，有這樣經驗的人，會對他的寫作有很大幫助對不對？

那這群作家來到台灣後，在戒嚴時代經歷了語言、行為、思想上的限制。雖有這樣的一個方式，但他們的寫作卻產生了另外一種表現。我們最熟悉的就是出現所謂的「台灣文學」。我們必須誠實的說，文學表現是非常充分的，但是並沒有在文學史上被極力推崇。反而是充滿西方影響、現在主義、存在主義這類的作品，尤其是在詩作中，像洛夫這樣的詩人用超現實主義去創作，在當時也被批評。很有趣也很吊詭的是，在陳芳明最新的《台灣新文學史》卻稱這段時間的創作是台灣的黃金時期。不過有好幾十年，他們的作品被認為是晦澀難懂的、受到批判的、不被認同的。他們被批判的背景以及他們的作品與現實脫離。

但後來會被讚譽的理由卻是他們透過晦澀的字眼，把他們對現實的不滿表達出來。他們藉由扭曲、視覺、或種種其他方式去表達。我們在你的詩作中，看到很多的隱喻，可是你的隱喻其實都可以讓我們看見你對政治的訴求，這很不一樣！

貝　嶺：我的政治訴求在詩裡應該是最隱晦的。如果不是因為我個人的經歷裡有一些戲劇性，不一定每個人都能讀出後面的意涵。對我的個人經歷深入了解後，很容易跟那經歷去尋求詩的背景。

陳正芳：我看到你不管是訪問、訪談的對象，或說你編寫、翻譯的這些詩人。似乎也是朝向對民主自由發聲的興趣。

貝　嶺：文學裡的精英，我老談到金字塔。在我的成長裡，對精英文學的熱愛超越了大眾文學。可能是在我成長於一九八〇年代，出現世界級的精英文學，也對中國影響很大。同一個時間裡對於台灣人亦是如此。大眾文化興起、大眾文學興起應該是一九九〇年代後。我選了一些人，雖然他們本身政治性很強，不管是哈威爾或是布羅斯基或是米沃什，這些人好像精英性很強這樣。

陳正芳：也許我在理解上跟貝嶺有一些誤差。但這個誤差很有趣，回到當時去觀照這些詩人。我想請你談一談，對於他們這樣的現象，你是用一個隱喻的方式。而他們除了隱喻也用了點句、全然一個排句的方式，用非理性的語言，或者意象去呈現。你用隱喻看不出他們的政治觀，你對這樣的現象有什麼樣的看法？

貝　嶺：我這本詩集的最後有個非常重要的對話。我跟一九九五年諾貝爾文學獎得主 Seamus Heaney，中文翻成希尼，被稱為當代最重要的英語詩人。也是最後一個純英語國家獲得諾貝爾文學獎的詩人。我特別和他討論流亡作家或是介入政治的作家，由於過度介入政治對於文學的傷害。他本人，較有保留的去接受我這個說法。他認為文學建立的功能，在重大的歷史時期，作家可能是對歷史最早發出聲音的預言者，我也有這種感覺。他寫了一首詩，認為自己在這個歷史、在英國軍隊屠殺北愛爾蘭的抗議行動、要求獨立民主時，他覺得自己像個懦夫，躲起來寫詩。但他談到了流亡文學和流亡作家其實最怕被別人提政治性的建議。我之所以拼命的想用這些重要作家來平衡我被很多可能的訪問裡泛政治化的界定，我用出版書籍做平衡。大師跟記者有差別，這些記者如果不是專業性的作家，他會讓你的回答也很平庸。

陳正芳：我想釐清你剛提到流亡的概念。從記者的訪談中看到更多的，或說以台灣會對貝嶺這麼有興趣的問題，背後可能有某種政治策略。所以我們對這個政治性會比較在乎。大陸對異議份子不公平的待遇，以及你可能在你的作品中對爭取自由、爭取人權有某種企圖心。你去訪談他們，他們也作為發聲者。但我剛聽你這樣講，試圖想去區隔流亡作家不希望被泛政治化。

貝　嶺：大部分的流亡作家在流亡生涯裡，在文學上都是失敗者，包括我自己。也就是你從一個純粹的寫作者變成一個多元人。要編書、要記錄政治生活評論。以一九八七年諾貝爾文學獎得主布羅茨基的話來講，流亡作家最怕的是被遺忘。他們拼命接受很多政治性的訪問，因為祖國的人不知道你在做什麼。本來語言和你的寫作是矛，刺向這個社會，結果變成盾，把自己保護起來。深怕自己消失在這個世界。台灣在一九四九年後，來的這批人最有幸，因為他們來一百萬、兩百萬人之多。他們來了後，他們的流亡感情就只有土地的流亡感，語言不行。他們從來不覺得他們在一個陌生環境，所以我的經驗就有文化差異，台灣的文化差異遠小於歐洲或美國的文化差異。是不是造成您所說的「陌生的流亡概念」？

陳正芳：對！我們當時這樣的思維顯現出來的文學可能會是一種鄉愁性的。可是我在你的作品中看不到鄉愁，另外也看不到土地。

貝　嶺：悲壯感多了一點。我第一次來台灣是一九九三年的夏天，作為大陸學生、學者從美國到台灣來訪問，我來台灣後發現我在這邊很像初次來到一個母語環境，我最開始瘋狂的是感受跟閱讀。不管是前面提到的洛夫、瘂弦，他們那時還算活躍，現在似乎都淡出了藝術舞台。回不了中國後，我有意的去減少跟外省老作家過多的互動。反而覺得我應該跟這個土生土長的人產生互動。包括這時代的作家，像是台灣獨立色彩很強的李明裕、還有受到中國文化強烈影響的作家，躲避曾經有過交往的老作家。

陳正芳：其實詩對你現在來說，已經轉變了你的方向。不會把自己侷限為詩人，可能有更多其他的創作意圖。我看到你的詩選也的確只選到九〇年代。

貝　嶺：其實是種無奈也是你工作的轉型。台灣也有很多作家，像有一些詩人後來走到了文學編輯、教書，最後終止寫作。他們的創造力曾經停頓過，後來他們從學校離開，然後可能又開始寫。但似乎跟過去沒有自然的連結。我的情況更嚴酷，我在一個非母語的環境裡，我寫中文詩，詩這個行業，非常非常不具功用性。個人某一種歷史造成的流亡感，使你非要去做一些你在中國做不了的事情。包括出版不能出版的書、編雜誌，變成一個文字工作者。你讀到很多好文章的時候壓抑了你寫不好的創作過程，我在閱讀上過於精英，這精英主義又不是古典，中國古典的精英，又更去讀西方的文學，西方的文學有一些我讀不了的要借助翻譯。在這過程裡，我反而變得不太敢過度揮霍文字。我覺得像莫言很勇敢，他的中文粗俗到一個程度。但他沒有慈悲感，就狂寫。這是我跟他的最大的美學差異。

陳正芳：提到莫言，震撼了我過去的一些觀點。約七、八年前我曾到過北京，透過一個機會跟莫言有一番交談。他對於政治言論自由方面，對大陸政府頗有微詞。後來我看到報紙登出他得諾貝爾文學獎的事情其實有政治在後面操作，我滿疑惑的。今天聽您講，真的有國家機器的運作。我就好奇，為什麼他選擇的是莫言而不是我們熟悉的作家像是韓少功？

貝　嶺：莫言是中國人民總局的少校、也是中國作家協會的副主席、資深中國共產黨黨員，他是抄寫毛澤東最肉麻語錄的一段抄寫者，這樣的背景當然是最理想的人。說他是軍中作家，在中國是更正確的。他是一個文學天才，在語言文字的使用上，比任何一個作家氣勢都足，他可以在五個多月裡寫五十萬字。這太能寫了！他在文學的產量上無疑是冠軍。他的文學成就絕對是天才式的，可能著作等身以上。

我跟莫言從來不認識，在二〇〇九年法蘭克福書展，中國被選為主賓國。中國有三百多個作家會參與，而習近平是中國代表的團長，唯一被德國跟中國選定代表中國作主席發言的就是莫言。原來我和另一個中國異議作家叫戴晴，被他們選為點綴的異議作家。就是中國官方的三百多個作家外的異議作家。結果中國政府拒絕。認為我們兩個不能代表中國人民。我堅稱我只代表自己，從來沒有奢望代表中國人民。

我後來發現，中國最大的人民日報有個很有名的畫家在報上寫出一段話，當時有個唯一的文學論壇，談到莫言不願跟我在一個論壇裡交流。到了現場，我們被取消參加論壇的機會。在德國媒體的抗議下，法蘭克福書展的主席應允讓我跟戴晴做扼要的致詞。那在致詞的過程，中國代表團全體退席。休會期間我看到莫言，我決定過去探問他，但莫言特別惱火，他聲稱報社杜撰。我因此認為這是中國官方報紙在欺負一個老實人的下作。

陳正芳：像是聽連載小說，大家一定感到意猶未盡。或許請貝嶺先生再多講些，等等預留提問時間。

貝　嶺：在那論壇的時候，我已不是主講人之一，我成了特殊的聽眾坐在第一排。到了莫言上來發言，他講了一些寓意深長的故事。他說年輕的時候，有個有名的傳說，關於歌德跟貝多芬的故事：「歌德跟貝多芬在法蘭克福散步的時候，有輛皇帝的馬車從旁經過，歌德立刻跪下，恭敬的等待馬車經過。但貝多芬，頭也不回的就繼續散步。」故事沒有講完。他說，他年輕時很看不起歌德，覺得貝多芬很了不起，但到現在這年齡，我覺得歌德能那麼做更需要智慧也更不容易。這段話其實很有寓意。事實上是在影射他自己。當然他是說的很隱晦很圓滑！結果我就上去跟他講，我作為聽眾對這個故事補個尾。我說：「我貝多芬只有一個，我為什麼要那樣做。」我說我年輕的時候覺得他說的好，但我老了後，我仍然覺得貝多芬說的好。等於把莫言這故事的結尾和我與他的差異說出來了。我們彼此間都對於雙方有一個理解，他沒有再說話。

陳正芳：大家心裡可以去體會莫言的苦衷了。最後我們主題回歸到流亡文學與流亡作家，以文學形式去展開他們對自由的一個需求、發聲。可是他們可能在政治上有更多的連結，即便是編寫《台灣新文學史》的陳芳明教授，也曾居留在美國被禁止回台。在台灣較不容易跟政治上的那種糾葛有所牽連，其實也是不太一樣的，像你就是被迫不得回國。更早期的作品，會用一個留學文學去看待而比較沒有去用流亡文學看待。我們不是跟留學經驗結合就是跟遊學經驗結合，而這種流亡的經驗跟我們是不是有很大的距離呢？那你在交朋友的過程中，是否有一些感觸呢？

貝　嶺：在流亡的環境裡，你能不能感受到自在，其實有許多原因。我說母語環境比土地的力量更重要。我從監獄遣送出來，要離開中國前，一路上我看到北京跟一些陳年的街景，我發現我可能回不來了。而我回到父母家時，官方只給我半個小時告別，印象很深的是，我胞弟說了一句話：「你可能再也回不來了。」所以在這個環境下，除了土地以外，跟整個文化的脈絡都中斷了。我常常覺得不幸，作為一個以母語為生的人，失去了母語環境。

【提問時間】

提問者一：請問貝嶺老師，在創作的時候對你最大的影響是什麼？

貝嶺：我有一本書《在土星的光環下》，我跟蘇珊．桑塔格的回憶錄。流亡文學的作家最大的願望是由跟母語的讀者說話、轉變為跟一個抽象的、世界性的讀者去對話。也就是向世界性的讀者去陳述你個人的母語國家經驗，或你個人的文學經驗。有個很大的挑戰是，有多少的機率在外國翻譯或出版你的書。

那我自己寫的兩本書反而是在德國出版，就是我的回憶錄和我寫劉曉波的書，只有德文版，沒有中文版。但中文反倒是我最在意想出版的，一定要比德文版還好！我不認為台灣的讀者已經作好準備去讀像我這樣對他們來說，陌生的中國作家。不用期望一般台灣讀者準備好去了解一個在中國下獄的諾貝爾和平獎得主。意義上我們可能變成了一個荒誕性。我在德國獲得很多這樣的讀者。這不是愉快的事，而是個不得已的選擇。有天你的作品解禁時，你的書或許可以在祖國，被較多的人知道。這是我跟中國大陸作家交往裡產生的很大感受。

提問者二：您對於中國未來的文學環境、文學走向有什麼重要的看法呢？謝謝。

貝嶺：大眾文化的興起有個很重要的載體——就是新媒體。像是互聯網、推特、微博等。我認為微博已經慢慢的把精英文學變成所謂的元素文學，必須用老百姓最喜歡的語言去創作。新媒體創造出來的重要偶像就是艾未未。我編過一本書叫《瞧：艾未未》，他瘋狂的個人色彩生活，隨著新媒體的出現，對現在的文學場域產生了非常大的挑戰！實際上也使流亡作家，被中國境內的讀者了解。而新媒體最後是不是能夠成為文學裡很重要的一個載體，或是文學中很重要的呈現，也許需要時間去證明。但至少它廣義的突破所謂的封鎖和屏蔽。

所以我必須說他產生的效果是傳統的流亡作家、或政治異議人士所想不到的。但我還是要強調一點，我很懷疑真正異常的那種精英式的文學。流亡作家某些重要的書，哪怕只有高行健的《靈山》，我不相信通過新媒體可以讓老百姓讀到，因為確實不適合這議題的呈現。我的感受是中國的崛起、中國成為世界意義上的強權，使諾貝爾文學獎必須面對有限的時間裡，讓體制內作家達到平衡。諾貝爾文學獎從來都對專制國家的政治產生特別大的影響。

提問者三：關於閱讀的經驗，在您小時候到現在，不管在台灣、大陸或美國，對於翻譯作品的部分，有沒有哪部作品對你影響最深？為什麼？謝謝。

貝嶺：我覺得兩部分對我的影響非常大。一是美國文學，包括浪漫主義的大詩人惠特曼到自然派詩人普拉斯；現代小說家像是青格，還有一個是蘇爾貝洛。另一個就是俄國文學，俄羅斯文學的背景跟我們有點像。在一個不自由的社會裡，出現一些貴族式的偉大作家。包括被史達林殺掉的作家，他們對我的影響是非常大的。經過時間的嬗遞，我發現俄羅斯那些作家的延續性已超過英語作家。在九〇年代，我認為流亡文學作家，對我構成了很大的影響。包括布羅茨基，也包括米沃什，這些人都是相對比較精英的。到了二〇〇〇年後，我直接促成將這些作品翻譯成中文。

我談保羅・策蘭。他是俄語世界裡偉大的猶太詩人，也是奧斯維辛集中營的倖存者。他用德語，更用母語。他使用外國人的語言寫作，去譴責劊子手。因為德語國家屠殺、滅絕猶太人。而他的詩，對於我來講是一個深入性的震撼。包括東歐的小民族作家哈威爾，在哈威爾後還有赫本特、波蘭的辛科斯卡這些詩人和文學家。

提問者四：

有三個問題想問您。

第一，在您的流亡過程中，最大的收穫是什麼？

第二，您對祖國母親的感情怎麼樣？

第三，有哪位作家或作品是您所推薦的？

貝嶺：

我在流亡的生涯裡，想到了屈原的〈離騷〉。另外我想到的是司馬遷，以及所謂的最早的流亡者——孔子。我特別將孔子視為在某種意義上的流亡者，不一定通過流亡可以感受到，最大的流亡感受是我這樣的流亡。流亡使我跨過了地理距離，再跨過心理距離，特別是經由書中的世界。流亡生活使我接近那些先前視為非常遙遠的西方作家。如果我不流亡，我不可能跟蘇珊・桑塔格變成可以進行交談的朋友。她認為這是流亡裡的封閉。同時也跟我爭論什麼叫知識份子，這些經驗只能透過讀書。但後來我發現我必須跟他們直接交流，哪怕我英文不好！我可能認為流亡對我而言是不幸裡的一個幸。

中國已沒有辦法成為我可以接觸的地方，我對中國的感情是非常希望可以回歸，跟很多流亡作家離開自己國家後，只是對國家進行所謂的批評，有點不一樣。很多的資訊，我在台灣比在國外得到更多，有很多陸客我可以感受到中國的氣味。最大的不幸是，我不能回到中文的母語環境。我推薦高行健的書，如《一個人的聖經》。裡面談到了他個人在一個非母語的環境下，他個人的經歷。另外，我希望你看廖亦武的書。目前第一本跟六四有關的學生日記，如封從德的《六四日記》。在六四的學生領袖裡，只有他每天記述，足具在場性的還原了當年六四學生熱愛自己祖國而產生學生抗議運動的實況。當時的語境下，它非常樸素，是很難得的書，通過這樣的閱讀去平衡中國大陸媒體不自由，或出版不自由所造成的那種情況。

楊索

說故事的人

【講者簡介】

有土味的台北人。曾任職中國時報記者多年，調查報導社會底層議題。著有《惡之幸福》、《我那賭徒阿爸》散文集。投入創作後，相信俄國小說家契訶夫所言：

「作家有權利，甚至有義務，以生活提供給他的事件來豐富作品，如果沒有現實與虛構之間這種永恆的互相滲透、參差對照，文學就會死於貧瘠。」

今天的演講分為三個部份，第一部分我會跟大家分享我如何開始創作。第二部分我可能會朗誦〈惡之幸福〉這篇文章。第三部份我希望大家讀了這篇文章，給我一些回饋。

【如何開始創作】

我會走上創作，大概七歲時，就有這種感受，和我小時候很喜歡讀書有關。小學三年級，老師派去參加作文比賽。小孩子參加比賽會被學校重視，是一種鼓舞。從幫傭、女傭到電子工廠的女工時期，我還是訂了一份國語日報函授學校的高中課程來讀，我保持大量讀書的習慣。

國中階段，剛好有位著名的詩人——商禽，在永和路上開了一家牛肉麵館，我從小很喜歡閱讀跟文學有關的刊物，也讀過他的詩。常去他們那邊吃麵，然後跟他聊天。拿新詩去問他，他都會跟我講解新詩。而我的文學啟蒙除了自己去摸索，也很幸運遇到像商禽這樣的長輩外，國中老師也是影響我很深的人。他是個國文老師，很喜歡看書，也介紹很多書。我記得他曾送我一本浪漫的《葉珊散文集》，在第一頁寫上：「**送給一個文學鑑賞者。**」那是一種非常大的激勵。讓你覺得被肯定、關照。我的文學種子是這樣慢慢培養出來的。小學六年級我們就看瓊瑤。但現在回想起小時候喜歡讀什麼其實是無所謂。看不同領域的書，是有好處的。

我的題目是「說故事的人」。〈說故事的人〉這個題目，從德國有名的猶太裔作家班雅明的書得來的。他認為文學創作像是一個說故事的技藝。那個技藝慢慢在失傳、消失。我認為自己就是一個說故事的人。作家，就是一個說故事的人。我曾經考上中時晚報的記者，這個快要二十年的記者生涯裡，我的文學訓練跟這經歷有很大的關係。記者要會說好一個故事是很重要的。我開始創作約在民國八十年左右，我做過很多專題。以前中國時報有個深度報導版，一個記者寫一整版。那時成立一個對岸新聞中心，我在那做專題，一個人要負責寫九千多字。分成幾篇文章，登在那上面。這段時間我做過很多跟社會底層有關的報導，我們同事開玩笑說，我做過「流浪三部曲」。所謂流浪三部曲是遊民、流浪青少年，流浪狗。看到不同的人，很弱勢的族群，給我一個深刻的撞擊。採訪的時候常常有一種負面的能量，對記者本身也是非常消耗。如果我不夠投入去理解他們的話，我寫的文章不會有力量；如果投入去理解他們，那種理解跟投入，對我本身所產生的撞擊跟殺傷力也滿強的。我常處在一種困惑裡。我常面臨自我和做報導的質疑。那段時間，我本身精神的負荷也很大，因為我報導的階層，讓我重新去審視我的家庭背景。

我自己的出身是很特殊的。我的家庭，其實也一樣處在社會底層。作為記者，我感覺自己好像變成小資產階級，或中產階級。我住郊區，在都市工作。但等我回到原生家庭的時候，霎時我又像是踏入另外一個階層了。我常常在游移、在尋找自我認同。寫作就是我尋找自我認同的方式。下班後容易睡不著，深夜裡感覺整個人所累積的情緒，像水井漲滿到要流出來的那種感覺，自然而然就開始寫作。也是我寫作的出發點。

我開始寫自己的身世、家庭、童年、自己的過往。是一種慢慢累積的方式。直到二〇〇七年集結出版第一本書《我那賭徒阿爸》，後來我寫作非常慢。有別於寫自身經歷，我當記者的時候，我寫作非常快，比如在採訪陳進興挾持南非武官的新聞事件裡，老闆告訴我：「**隨便你寫，版面全部等著，高興寫多少就寫多少。**」我寫了將近一萬字，從頭版寫到背景版。有人物稿、新聞稿。寫新聞稿，非常快。我覺得我的企圖心比較不夠，也很怕自己變成所謂的「一書作家」。只出一本書，人家稱呼你為作家，會覺得好像很不踏實，很心虛的那種感覺。直至出版第二本書後，我才清楚的認知到，寫作是我人生的終極方向。所以我會真正努力地去寫書來實踐這個理想。我建議各位，你們現在就應該要尋找你們人生的終極方向，即是你人生真正要追求的目標。

我覺得我追求的太晚了。我二十五歲時才進新聞界，我進新聞界有很大的原因是確立了我要寫作。我需要比較多的社會、人生經驗，還有一個地方磨練我的筆。我先瞭解我要磨筆，才去做記者。我的方向並沒有錯，只是比較慢。我建議如果你能夠靜下心來，挑好的書讀，這樣是還不錯的。那這是我簡單的跟各位分享我跟文學的接觸。

【朗誦時間】

現在我想給各位朗誦一篇我的文章，在朗誦前跟各位解釋一下〈惡之幸福〉的意涵。這「惡」字，指的是一種「困厄」或「困頓」的一個狀態。比如說窮山惡水，那麼標題前面講說：「**惡地也要開出大紅花**」，就是表示惡水惡地的意思，表示在困頓中也可以找到幸福！

我開始給各位朗誦。

我一直沒有忘記那一幕。

九歲那年夏天，我走入巷口雜貨店，看著牆上、攤架上一堆抽糖果的抽抽樂，其中有一款全新、無人開張的抽紅包袋，攫住我的眼神。我拿出口袋裡的五毛錢給老闆娘，對她說：「我要抽紅包袋。」老闆娘看我一眼，收下五毛錢。我看著上下左右成列小紙牌，最後隨機抽起一張，剎那間眼睛發亮，因為我抽到頭獎，一張紅色的拾元鈔票！我拿著這張小紙給老闆娘，老闆娘一邊看，一邊狠狠地瞪我一眼，接著罵說：「查某囝仔人，那麼小就白賊，緊回去！」

我說：「我抽中拾元，汝怎不給我？」

老闆娘大聲罵：「黑白講，別在這裡亂我生意場。」

我大聲回嘴：「明明我抽中，汝怎麼可以按內？」

我們一來一往的爭執引來一群人圍觀，我脹紅臉不肯離去，老闆娘也執意不肯給。旁邊的人說話了：「拾元而已，就給她算了，散散去！」老闆娘瞪著眼說：「袂應，按內我這一袋還能賣嗎？」

我急得快哭了。又有一人掏出一張紅色紙鈔說：「查某囝仔，拾元拿去，緊返去厝。」我搖頭，大聲說：「我不要，伊欠我拾元，伊應該給我。」

吵吵鬧鬧時，有人通報我父母，父母親都來了。父親一見到我，衝上來給我一巴掌，罵說：「汝在這謝世謝正，還不趕緊返去。」說著就拉著我往回走。我雙腳緊抓著地，人蹲下來，硬是不走，口中喊著：「伊要給我錢，我花五毛錢抽的，伊騙我囝仔。」父親力氣大，硬把我拖離巷口，我終究沒討到屬於我的拾元。

國中畢業後，我離家去幫傭，因為做不慣，幾個月後返家。父親在夜市賣油湯，我日夜幫忙出攤、掌攤。一日在家中裝填筒仔米糕，父親、祖母、母親一起忙碌著。

不知為何，父親說著說著，忽然指著我開罵：「我未將汝送至『查某間』，算是對汝很好了。」我聽懂「查某間」是妓女戶的意思，霎時暴怒，將裝筒仔米糕的錫罐朝父親臉部砸去，我沒有擲到父親，父親衝過來對我拳打腳踢，我激烈地和他打起來，祖母、母親圍過來擋在我前面，祖母發話罵父親：「阿堂，汝在衝啥，查某囝仔乖乖，無衝啥，汝打她做啥？」此時，怒氣衝天的父親才停手。

我走出家門，孤單地往河堤走去，心中想著：「這個家是絕對不能待了，我要靠自己，死也要死在外面。」

至今，我仍不明白，為什麼父親會對我說出如此不堪、無情的言語，那句話如發臭的魚刺鯁在我心中，不時仍刺痛我。

以後，我離家做各種工作，即使有苦，從不向人訴說。

十六歲那年，我在光復南路一處人家幫傭，雇主家人口單純，一對夫妻和一個二十六歲的兒子，三人都是上班族，夫妻兩人是民營企業的高階主管。

我平時早晨醒來，先做清潔打掃的工作，然後準備早餐，之後洗衣、買菜，就像一個家庭主婦；黃昏時，主人回家前要煮晚餐。忙過一整天，大約九點才能休息。

我住在靠近廚房的傭人房，狹小的房間只能放一張硬板床，牆上有一扇狹窄的小窗。一天夜裡，我迷迷糊糊醒來，感覺有一束燈光照著我，我睜眼去看光源，那是從小窗射進的一束光，來來回回照著我，我嚇呆了，依稀記起小窗的後面是廚房的冰箱，到底是誰移開冰箱？那一夜我充滿恐懼，但隔天，我並沒有問人，以後也就忘了。

時間過了半個多月，又有一夜，我半夢半醒間，忽然感覺有人翻動我的身體，正要脫卸我的內褲，我狂叫出聲，看不清的黑影奪門而逃，我驚嚇清醒，全身發抖地坐在床沿，一夜不敢入睡。

隔天下午，女主人提早回家，她沒說明什麼，只是算清楚工錢，命令我離開她家。我沒有說明分辯的機會，就如一個做錯事的人，被趕出她家。那天我走在街上，不知何去何從，我像遊魂一樣，走在路上，腦袋空蕩蕩，腳步輕飄飄。

夜已降臨，我不願如一個失敗者返回永和的父母家，走到累了，我才想到要去租一個房子。我在電線桿、布告欄努力搜尋，後來看到通化街的一處公寓套房出租，我依照地址找到這處地方，爬上三樓，和一個男人談價錢，房租談妥後，他要我留下一千元訂金，我也就掏出錢給他。

然而，走出這地方，我愈想愈不妥，又折回找房東，告訴他我不能租房子，他冷冷對著我說：「不租就算了。」

我向他索取一千元訂金，他冷然看著我說：「不租就要沒收訂金，這個規矩你不懂嗎？」

我急著說：「我沒有錢，這一千元是要租房子用的，拜託你還我好嗎？」這時，他推我出門，並說：「沒這回事，你有本事叫警察來好了。」

我又氣又急，但被他推走了。我走下樓，有一種要昏倒的感覺，接連遇到不公平的事，讓我極度憤怒、屈辱，我沿街走到派出所，進去後對值班警員說明這件事，有兩個警員圍過來，他們三人你一言我一語說起來：「那個房東很惡劣，以前也有房客來報警，帶她去找那個房東討錢。」

值班警員陪我去房東處，按鈴開門後，房東看到警員，低頭陪笑說：「這小姐年紀輕輕，我也不知她是不是來開玩笑，所以給她收訂金。」他掏出錢遞給我說：「小事情，你幹嘛麻煩警察，錢還你就是了。」警員一句話都沒說，我收下錢，默默地跟著警察離開。

那一夜後來去哪裡，我已不記得，但我討回了一點尊嚴。

世界待我特別惡劣嗎？我曾經以為是這樣。

我從國中畢業離家工作後，就未曾伸手向父母拿過一塊錢，即使是我非常需要一塊錢。有一天我回父母家，當時口袋裡只剩幾塊錢，想搭公車返回住處，還缺一塊錢，可是，我並沒有開口。離去後，我沿著永和路走上中正橋，再慢慢地走到台電大樓搭住處的交通車。路上，我告訴自己，我能一個人活下去，這不難。

輾轉換過幾個行業，做過不少工作。在幫傭或做女工時，我訂了一份國語日報的高中函授課程，閒暇時自己亂讀，文科的我都懂，英文、數學、物理、化學，我自己讀不懂，但努力瞎背。

民國六十八年左右，我要去考高中自學學力鑑定考試，但考試辦法修正，改為年滿二十一歲始得報考。當時，我十分執拗，告訴自己一定要考試，為此，我去國語日報找一位楊先生幫忙，他建議我去找立法委員吳延環，並且幫我用毛筆寫一封信，我還記得信中引用了韓非子的一句話：「法與時轉則治，治與世宜則有功。」我就帶著這封信找到吳委員，向他陳情。身著長袍馬褂的吳委員十分親和，他看完信，立刻打電話到教育部長辦公室，向朱匯森部長說：「這小孩很努力，你要給她一個機會，讓她去考試。這樣吧！看你什麼時候有空，見見她。」因為這一番話，隔了一星期，教育部長在他的辦公室接見我，我靦腆、半口齒不清地向他陳述我的請求，朱匯森一邊聽，一邊點頭，然後應允讓我報考，並指示祕書安排我去台北市政府教育局見局長黃昆輝。

我就這樣一關關獲得報考許可。可是我仍有許多科目似通非通。不知哪來的膽量，沒有錢的我，混入南陽街的補習班偷聽課，結果被班導師發現，然而這個讀大學的班導師很善良，她不僅未告發我，還留各種試題給我，掩護我免費聽課。

民國七十七年，台灣報禁開放，《中時晚報》創刊正刊登招考記者的廣告，我非常興奮，躍躍欲試。那時，我告訴鄰居夫妻想去報考的心願，他們兩人都是台大畢業，兩人搖搖頭說：「不可能，你一定考不上。」

「我知道，但是我一定要去試。」我回答說。

我的身分證登記「世新肄業」，因為國中畢業後，我曾經考上世界新聞專科學校（現世新大學）。就憑著這張身分證，我去考記者，並且獲得面試機會。

我還清楚記得，面試的地點是在中華路，原《中國時報》的廣告部大樓。當天，我帶著一個黑色的大文件夾，裡面有我報刊創作投稿的剪報，還有我做過展覽企畫的文宣品。

當輪到我面試時，我搭上電梯到十樓，眼前是一個狹長的辦公室，房間盡頭有兩張圓桌，坐著一、二十人。我緊張地深吸一口氣，在他們的目視下走過一道紅毯。

我在圓桌坐下時，這群人分別問我各種問題，我慢慢回答，之後主動問大家：「我有帶一些作品，大家要不要看一下？」這群人起身走到我身旁，我站起來，翻閱剪報給他們看，有人點點頭，翻完後，他們回到座位，這時我感覺口渴，隨手拿起桌上的一杯茶，喝了一口。

這時，我看到一個面目白皙、有雙大眼的男士問我說：「你有沒有興趣到副刊？」（以後我才知道他是高信疆先生）接著另一男士說：「她就是要做記者啦！」（後來得知他是採訪主任陳浩先生，也是我生命中的貴人）此時我心中微微顫動，似感覺一線希望。當天面試並無具體訊息，但相隔一個月後，我卻接到錄取通知，要我前去報到。我簡直不敢想像，能考上記者，當時那種雀躍之情仍記憶猶新。

等我進入中晚都會組，組長文念萱透露，原來我的筆試成績很差，根本應該淘汰，可是主考委員看我的自傳很有創意，文筆不錯，同意給我面試機會。

我還記得，我的那篇自傳是用問答體書寫，標題是〈你為什麼要當記者？〉我自問自答陳述想當記者的抱負和決心。而我錄取的臨門一腳，是陳浩告訴我，當時面試，前前後後有

三、四十人，大家都很緊張，沒有人敢拿起桌上的水杯喝水，我是唯一喝水的人，這一幕讓大家印象深刻。陳浩力主：「這女孩有戇膽，給她一個機會吧！」

因為這句話，我得以進入新聞界，開始我的記者生涯。記者這行業是硬碰硬的工作，不管你前一日有多輝煌的戰果，每天醒來仍要面對新的壓力，我日日緊繃面對新的挑戰，表面上充滿自信，內心卻一直覺得自己是「冒牌貨」，因為我自知學養、經驗不足，平時比別人更努力，一心想把握這得來不易的機會。

年輕時能做一個記者是很幸運的事，特別是我身於波瀾壯闊的解嚴年代，能夠在第一線的新聞戰場去旁觀社會震盪，龐雜的社會事件如岩層般壓縮，我好似經歷了許多不同的人生，我在其中觀察、思考，這一切也成為我往後走向創作的養分。

世間之路並非坦途，行行復行行，總會撞上暗礁。世人千萬種，總也會遇上各種惡人。我少年出社會，徬徨彳亍人生行路，內心總無法排解那永恆的孤寂感。為我而言，生命是苦，人生是惡水，但我總須往前划呀划地，尋找前程的光亮處。在不知不覺中，我走到中年歲月，相對於昨日我年輕時的躁動難安，這是一段平穩、沉澱的時期，我漸漸摸索出自己的脾性，去分辨什麼是我想尋求，什麼是我不想要的。我終究釐清自己的人生終極追求方向，能夠不斷地深掘、拓寬創作這條路，這是莫大的幸福。

楊索：我在寫這一篇的時候，感觸滿深的。雖然很快速的回顧了我過去的時光。這過程中有經過選擇、裁汰。你們在看這篇文章的時候，會不會有什麼觸動？

發言者一：應該是抽紅包那段吧！

楊索：為什麼？

發言者一：我小時候也是我自己下車去買羹麵，爸爸在車上等，那時候很多人，我有講，但那人都不理我。爸爸後來才從車上下來幫我買，他們都不太理小孩。

楊索：做一個小孩該怎麼處理？會不會覺得比較弱勢？

發言者一：第一次這樣覺得，買東西都不被人家尊重。

楊索：不被尊重的感覺。相對於成人，小孩講的話會比較不信。

發言者二：

想問老師紅包那段。我難過楊索老師的爸爸出現時，不是為了捍衛老師，而是想要犧牲你，把這件事情結束掉。我有個小小的類似經歷，會讓我覺得，教育的過程總是教我們家人是我們最好的避風港、最後的風險，但有時候，現實生活中又會出現一些不是這樣的情況。

楊索：

講一下你自己的經驗？

發言者二：

小學的時候，老師有個獎勵措施，就是全對，他會給一個獎勵。有一次我是全對，可是老師就是一定要畫錯，說我寫的不夠詳細。我就很不服，我覺得我是寫對的。小時候會比較追求那種物質的東西。老師可能想說不要把獎勵的東西亂給。我們一直大肆抱怨。那次我爸爸來接我，我把我當下的情況，跟我爸爸陳述，但我爸爸只是跟老師寒暄幾句，說我不懂事這樣打發過去。我的感覺明明是對的，我怎麼可以把我該得到的東西留給你。

楊索：

我可以感覺到那種不公平！

發言者三：

老師您好，關於您那個租房子的片段，覺得印象特別深刻。請問當時的一千塊，算很大的數目嗎？

楊索：以我國中畢業去做女傭的經歷來說，當時第一個月的工資是八百塊。後來才提高到月薪一千二。所以一千塊是很大的數目！

發言者三：我覺得那房東明知老師的處境實在不好，還故意惡整妳，再次欺負人的自尊。通常是不會有人喜歡警察的，因為警察很有可能會刁難比較弱勢的女孩。慶幸當時的那位警察，有替妳說話。當老師朗誦「我又氣又急，但又被他推走，我走下樓，有一種要昏倒的感覺。接連遇到不公平的事，讓我極度憤怒。」我有時，遇到很多事發生在一起時，也會覺得頭暈。

楊索：我覺得一千元對我實在是太重要了，所以就努力去爭取。我很開心大家都很主動。

發言者四：老師的祖母很愛護妳，我覺得祖母對妳的愛讓我很感動。

楊索：我跟祖母的感情很深，小時候是由祖母照顧長大的。在我的第一本書《我那賭徒阿爸》，我寫到很多關於祖母、我的回憶。大概二十歲左右，祖母過世了，我在外面工作，聽到祖母過世的消息，我一回去後，我整個人木然，完全沒有回應，連眼淚都掉不出來。我記得封棺的時候，棺釘打在棺材上，感覺好像我的心臟被那個釘子刺穿了。祖母過世我一直都沒有哭。一直過了祖母過世約三、四年後，有天晚上我做夢夢見祖母，結果我哭著醒過來。後來，才常常夢到祖母。每次夢到祖母，我都會從夢裡痛哭。這是我跟祖母很特殊的感情。

發言者五：老師您好。我比較感動的是查某間的那段。請問老師，妳怎麼看待父母犯下的錯誤，但他們可能本身沒有意識到他們犯下的錯誤？

楊索：再回想起我父親講的那句話，可能他自己都不清楚。我的家庭是一個比較低階層的家庭，父親受的教育很多，我父親屬於會施暴、暴力式管教的人。我媽媽是典型的受暴婦女。我特別有一篇〈眼淚〉，去寫我媽媽的處境。我父親不會了解那一句話對我的傷害有多深。當然我不會記恨他了，可是我到現在還記得那句話。也許有人比較晚熟，或說有人比較不成熟，他們做什麼事、講什麼話、他們自己也有他們的侷限性。以我現在的年齡可以理解我父親跟母親的侷限是什麼。我一直在考慮要不要寫這件事，後來還是寫出來了。

發言者五：比較感人的是，前面提到妳走在路上，腦袋空盪盪、腳步輕飄飄。來這間大學是我要唸的第二間大學。在我做下決定離開第一間大學的思維裡，就喜歡在那邊散步想事情，真的會有一種全世界只剩下自己而產生巨大的孤獨感。

楊索：

你很年輕，然後要做一個大決定時，好像沒人可以真正幫你或理解你的感受，那種孤寂喔？

發言者六：

印象最深的是爸爸罵女兒那段，我覺得家人說出很難聽的話，帶來的傷痛比外人滯留更久。

楊索：

那感覺像前面有一道牆一樣，他們在那一邊，只有我在這邊。有些台灣的家庭很像我的家庭，我覺得父母對小孩講話很不謹慎就會傷害小孩。

發言者七：

印象最深刻的是，您幫傭時候的經驗，您離家在外、孤苦無依，又遭遇那些不愉快的經歷，想問一下那晚您一夜未眠，是什麼心境？連結到您無依飄渺的境遇，我的經驗是，我出生在大陸的某村，小時候很怕黑，當天黑整片山巔失去光亮的時候，是非常害怕的。

楊索：

這件事造成我的陰影。當時我嚇的全身發冷！受到那樣的恐懼，事實上我當然沒有做錯。但被趕出去的感覺似乎我是做錯的。在社會上，我的遭遇也許只是一個縮影，當你作為一個弱勢者，很多你不必承受的事，它卻成為你必須承受的負擔。

【第一階段對談時間】

曾守仁：在閱讀楊索老師的文章時，使我非常的感動，透過文字還原了年輕的記憶。包含對味道、聲音的種種記憶。當下覺得非常震撼！這一篇提到了她的原生家庭以及她所成長的環境！像菜市場這樣的場域，我幾乎忘記了，都被現代化那精美的外衣所掩藏了。在文字的歷練下，瞬間讓我想起來那腐臭的、有點髒、氣味駁雜的菜市場。我覺得現場的同學非常的敏銳，也把自己的生命經歷呼喚出來，我很感動，這是文字的力量所致。我想問老師創作散文時的經驗。妳寫的非常貼近、甚至是真實的人生歷練。作者本身要具有相當的勇氣，要揭開過去的瘡疤是會痛的。我很好奇妳怎麼掌握這個部分？

楊　索：現階段我用散文這樣的文體來寫作，說它好寫，也並不好寫。並不是隨意的想寫就寫。在情感的收放之間，還是要有一種張力。語言和文字要達到凝鍊，可能沒有凝鍊到詩的程度，但不能因為寫散文，就讓人覺得平淡無奇。我決定用散文作為家族書寫的形式，主要跟我的記者訓練有關。我經常寫別人的故事，以旁觀者的角度，我很容易抽離自我。也因為當記者時的訓練，讓我寫稿的時候，心裡的情感會自然湧升！所以有一種書寫自我的味道，這樣的寫作最適合的文體就是以散文來呈現。是一種自然流露的情感，所以我不用冷僻的字。

曾守仁：老師的散文帶來相當真誠的力量，當妳去處理的時候，那種文字的力量，其實也是尋常的譬喻，喚起作者內在真實的情感！那我在讀妳文字的時候，當妳回頭去寫這些東西時，妳用了另外一種高度看妳所經歷的事情。那並不是只有責罵，或是指控。其實妳以一個新的高度去面對在妳身上發生的一種苦痛，我覺得那非常的不容易。也促使妳把「惡」跟「幸福」連接起來的力量。能不能請妳談談這股力量？

楊　索：我的個性很倔強，跟我父母有很多衝突。一方面較早離家，跟父母關係疏遠，但我是滿晚熟的人，我一直都非常的怨恨他們。那種恨意讓我的心碎成粉狀，沒辦法彌合。直到我去從事記者的工作，我看到底層很多比我還不幸的人。那段時間我也讀了很多社會學的書。因為讀書再加上我自己的體驗，於是我從另一個高度重新審視我的家庭跟我的父母，那我去重新看我父母的時候，看到他們的侷限性。他們受限於出身背景，面臨現實生活已經很辛苦了，也許他們努力過了。我四十多歲的時候，我告訴自己，即使不能真心的去愛我的父母，可是我還是會產生一種對我父母處境理解的同情。後來我慢慢尋求和解的原因是，父母終將老去，我希望在他們百年之後，我不要抱著遺憾後悔，怕後悔沒有辦法交談。所以我主動去接近我的父母，其實我還感覺到母親是非常熱情善良的。也看到我跟母親相像的地方。但對父親我可能還沒辦法產生那麼強烈的關愛與敬意。

曾守仁：所以妳覺得愛是一種能夠常掛嘴邊、一種人與人之間彼此穿透的力量吧！我想這個力量讓楊老師有能力去產生一種愛的力量，去愛別人。那這個愛也某個程度得到了癒合。我想這是把「惡」跟「幸福」這樣極端的兩個字能夠放在一起的很大的原因，因為時間關係，那現在我們歡迎陳正芳老師。

【第二階段對談時間】

陳正芳：母親的形象對我來說是那麼地深刻。一方面我現在是一個母親，才可以深刻的感受到楊索散文裡的底蘊。中南美洲有句成語這麼說：「一個家如果沒有母親就不是家了！」所以我很能深刻地感受到這段話語的涵義。妳在書中描述您的母親，我就覺得她撐起這個家了。而妳說妳對父親的尊敬稍微沒有對母親的尊敬那麼強烈，我覺得其實父親也很重要，但母親倒了，一個家就很悽慘！父親在這部分似乎可以缺席，母親缺席就會形成很大的問題！

對我來說其實是很大的震撼。那對我來說，這種身為母親的責任心，驅使我想辦法，讓我的孩子可以快樂的活下去。我心裡就會萌生母親可以去面對、突破困境的形象。所以我在妳書中看到母親的力量，也特別喜歡您母親背後形象那可愛的一面。

楊　索：但我跟母親還是有距離，我在後記裡寫我媽媽給我洗頭髮的經歷，這次母親給我洗的很仔細，我快忍受不住當下的那種複雜思緒，我覺得我跟母親的關係真的是走了一段很長的路，母親是受暴婦女，她脆弱的一面是每當她受暴時，常常揚言要跳樓自殺；而勇敢的層面是事後她跟我父親說：「來！來去婦女會理論！」。我印象很深刻的是，有一次半夜，母親被父親毆打後，就往外跑要去自殺，我在後面一直追她。追到一個廢棄的水井旁邊，她坐下。我跟著她坐下，我媽媽就崩潰哭了。她陳述著，自己七歲時，我外婆過世，她知道當孤兒是什麼滋味。她捨不得讓那麼多孩子，沒有母親，不然她早就輕生了，母親經過非常辛苦的歲月。我記得在我青春期的時候，跟母親起衝突然後打架。以至於那段關係是很緊張的。現在想來，我年輕的時候做錯很多事！她都沒有記恨。我母親可愛的地方是，什麼苦都自己熬過去。我現在很了解母親是我們家的聯繫，是促成我們家庭聚會的重要凝聚力量。

陳正芳：有本書《父母不該對孩子說的 100 句話》，我覺得我們現在才開始學習這個功課。父母親有些話可能是不經意的，卻對我們造成很大的影響、很深的傷害，而楊索老師的故事，更令人動容而體現了這樣的狀況，妳提到妳用散文來做家族書寫，可是家族書寫，故事總會有寫完的時候，還是妳認為其實可以一直延續？

楊　索：在家族書寫這個領域，我可能會再寫，也許是以小說的形式。兩三年前其實有開始寫小說，我的目標是往小說家的方向前進。如果要細緻的寫，還有很多故事，但我不希望說太沉溺於家族書寫的領域。

陳正芳：我知道當一個記者，有一個文學句構類似哥倫比亞作家馬爾克斯，Márquez。他就是記者出身的。他的文筆、他的故事是很豐富的。而妳的記者生涯，在妳的散文創作上有所助益，我有興趣的是，想知道在妳記者生涯中，妳會覺得還有什麼東西，能把她當成下一個創作的力量，就內容的部分而言。

楊　索：在我採訪生涯裡，看過很多人事物。真的可以轉化為小說的題材。舉個例子講，曾經訪問過一個萬華的遊民，長的很高大，他不知哪裡撿來一套類似將軍的外套。附近的人都稱他為「五星上將」。他也跟兩個流浪的女人在一起，他們的關係很特別。那這段往事一直縈繞在我的腦袋裡，我會將它寫成一篇小說。國父紀念館的地下室，收藏很多報紙。我認真的想，每天去翻社會新聞，然後坐在那練筆，我想這一定有很多故事可寫。我推薦各位讀李維史陀的《憂鬱的熱帶》。我讀了三遍，剛才我們講，要先鑽才能讀！如果你喜歡一個作家，不妨把他過去的作品都找來看，這樣可以提升文筆的功力。我是個記者，那海明威也是一個記者。除了像馬奎斯，那種魔幻寫實的深厚功力，善於用形容詞。我個人的經驗裡，其實建議你們寫文章少用形容詞。你們讀我的文章，留心一下的話，會發現我很少用形容詞而盡量描述事實。透過閱讀，觀察作家怎麼寫，注意開題、破題、收尾、起承轉合的形式，讀書的時候要很認真的吸收進去。

【提問時間】

提問者一：

想問老師一個問題，可不可以用一個前輩的身份來告訴我們，像我們這年紀的創作者，生命經驗可能沒有那麼豐富，那要如何書寫才能寫出更好的故事？

楊索：

在我記者生涯裡，有所謂的「大題小作」或「小題大作」。所謂「大題小作」就是將複雜問題，牽一個角度寫。那「小題大作」則是細膩描繪人物的關係，或是形貌、特色。你們這階段也許是「小題大作」的時刻。比如寫童年，散文家王盛弘，是聯合副刊的編輯，他用花草的題材去鋪展他的童年經歷。其實不是經驗的問題，是你掌握文字的能力。當你會駕馭、組織、佈局文字，仍然可以寫的好。普魯斯特寫《追憶似水年華》，他具有富裕的家庭背景，作家白先勇也是。然而並不是有個痛苦人生，才能寫出好文章。

提問者二：

我想問老師，有什麼創傷是妳已經放下了？或者妳現在還放不下？

楊索：

我覺得創傷來自於親子關係的緊繃，跟負面的生命經驗。比如他人不經意的一句話，我聽到後，就感到很容易受傷。那特別是我在這樣的家庭長大，我學會察言觀色，變得相當敏感，自己像是會瑟縮起來。由現在去回首過往，我也許能夠釋懷過去。但還放在心上的，我會怪罪於父親好賭的性格，導致我弟妹們沒有得到他們的受教權和良好的家庭照護。

第十二屆水煙紗漣文學獎作品集

發　　行　國立暨南國際大學中國語文學系

地　　址　54561 南投縣埔里鎮大學路1號

電　　話　(049)2910960-2601

指導老師　高大威　曾守仁　彭婉蕙

總編輯　夏秀慧

內頁排版　蔡羽韜

文　　編　夏秀慧　彭　筠　施曉蓁　盧娜慧　陳怡君（美編助理）

校稿協力　彭　筠　施曉蓁　盧娜慧　何沛恩　吳俊廷
游喬安　蘇子宜　梁秀瑩　謝安妮　蔣沂蓁

逐字稿協力　夏秀慧　賴彥蓉　張瑜婷　王亞絃　吳佩樺

印　　刷　合益印刷製版有限公司

初版一刷　2014年3月

定　　價　新台幣300 元

ＩＳＢＮ／　978-986-03-9964-6

ＧＰＮ／　1010203594